MW01277639

Travelling

COLECCIÓN FICCIONES

Travelling

REINA MARÍA RODRÍGUEZ

RIALTA EDICIONES

Publicado originalmente por:
Editorial Letras Cubanas, La Habana, 1995

Primera edición: marzo de 2018

Imagen de cubierta: Leandro Feal

Publicado bajo el sello RIALTA EDICIONES
Santiago de Querétaro
www.rialta-ed.com

ISBN: 978-607-97981-0-9

la gente trabaja mucho para asegurarse un porvenir, yo daba a mi mente trabajo y preocupaciones, en mi intento de asegurarme el pasado.

Isak Dinesen

la memoria del agua

septiembre es un mes como cualquiera y no es un mes como cualquiera. a uno le parece que en septiembre todo lo que esperaba va
a encontrarlo: en la calma del aire, en ese olor, en su quietud del
muelle. cuando llega septiembre, yo sé que me voy a perder. me
lo dicen las hormigas que suben por mis piernas y cierta luz que
parece distinta. el aire entra y sale en mi vestido y me pega la tela
cálida y las ganas que tengo de encontrarme en el mar. en ese mar
que es agitado por un gris profundo, imantado por los neutrinos,
gracias a los cuales hago mis observaciones y comunicaciones
telekinésicas. el malecón, en ese tiempo, está lleno de peces y de an-
zuelos perdidos contra el muro que está salado y pegajoso. me gusta
pasar la lengua por la sal que se queda y lo hace salado y pegajoso. y
en ese momento el resto de la ciudad puede perderse, sólo estamos
ese mar y yo, anterior en mi cerebración, en mi deseo. entonces me
desnudo y entro, sé que voy a encontrar algo y que los barcos –que
están como suspendidos en el horizonte y han perdido sus límites,
quietos y pintados allí– también son míos... cuando te conocí y me
conociste era septiembre todavía y éramos extraños y diferentes y lo
fuimos mucho tiempo después –aunque yo te había descubierto con
mi anzuelo de peces íntimos, alguna vez–. era una impresión de ti
que no tenía forma: tenías algo extraño, indefinible entre la línea del

cuerpo y el espacio, sin llegar a ser una forma humana y dentro de tus ojos estaba el sol girando como los rayos de las bicicletas... la bicicleta avanza y voy llena de ramas secas y corales. en el pelo llevo las mariposas que recogimos juntos. la casita, que es un punto en el infinito, empieza a lucir: ya se ven, como huequitos negros, las ventanas y sus cortinas, que el viento bate. te aprieto la cintura, la bicicleta avanza; aunque la calle es muy estrecha la bicicleta corre, corre contra la espuma. el sol ha girado otra vez inmenso y único dentro de tus ojos cuando volteas la cabeza y me miras desde mi mano-anzuelo, agujereada por el esfuerzo de atraer. pretendes avanzar hasta la casita que ya se ve, ya está en el borde de la curva... un hombre desnudo debajo de la lámpara es un animal magnífico: sus hombros sobresalen puntiagudos, cortan la luz. una hilera de vellos baja desde el ombligo hasta donde empieza lo oscuro. allí, la piel se tensa como cáscara de higo. su cuerpo, tu cuerpo, es un arco que yo quisiera tensar, doblegar, vencer. escondida, detrás del árbol, puedo ver tus ojos otra vez. el Mississippi es un río muy grande con muchos afluentes. el arco está tenso y se cierra, yo disparo sobre ti un brazo, una pierna, una mano, el labio, alucinaciones, una oreja, costumbres. mi cuerpo avanza. el Mississippi es un río muy grande con muchos afluentes. el agua arde en mis muslos, en mi manera de soñar: el Mississippi es un río caudaloso y profundo que está situado en los Estados Unidos, nace en el lago Itasca, pasa por San Pablo, San Louis, Memphis, New Orleans, atraviesa 3 780 kilómetros y se deliza y se desliza por el golfo de México, por un ancho delta. estoy en la clase de geografía. me gusta esta clase sobre el mundo que apenas cabe en mi cabeza. el mapa que cuelga frente a mí con sus rayitas y sus puntos −sólo para que imagine que pertenezco a esas zonas de afuera− lo inventaron también, con sus castillos y los fuertes cons-truidos, allí para jugar: principio de todo lo que parece ser la rea-lidad, pero no mi realidad, porque no estamos afuera, sino dentro de la bola, esa bola gigante y terca en su finalidad; más allá del aula no hay nada todavía: sólo la idea de esa bola transparente que es mi imagen del mundo, girando siempre, imperfecta y constante dentro de mí: me gustan los mapas y la incertidumbre de la geografía que me coloca posiciones en la cabeza; me gustan las hojas cuadriculadas para poner latitudes y longitudes que no puedo medir. también me gusta el profesor de geografía, con esos ojos que constantemente tengo que evadir para no ahogarme, él no sabe, no se imagina, que mientras habla, mientras me mira, yo dibujo peces en la libreta para echarlos en su río. detrás de mí, hay un muchacho que no deja de mirarme –uno siempre hace algo que los otros siguen, persiguen con la punta oblicua del ojo–. por eso voy a doblarle la página al perseguidor y hacer un mapa de verdad donde no me encuentre, sola en mi pupitre, en medio del mundo... en medio del lago hay un bote y estamos los tres –aunque él haya desaparecido ya para nosotros–, yo quiero remar y me siento en el centro. tú te has quitado la camisa: el paisaje aparece y desaparece. cuando cojo los remos tú quieres enseñarme a remar también sobre estos precipicios. tú pretendes enseñarme: me coges también las manos –estás detrás, por encima de mí; mis dedos se han perdido en el centro del bote; yo llevo un pitusa desteñido y una sombrilla morada; el remo baja hasta el fondo y se enreda entre las algas; tengo el pelo arisco y lacio sobre los hombros mojados–. tratamos de navegar, pero no nos movemos hacia ninguna parte. me explicas la redondez de la tierra; la punta afilada del compás, siempre precisa, enmarcando contornos, líneas, límites. la sombra y la verdad de tu cuerpo en el paisaje: apariencias y disolvencias cuando tratas de asir en la distancia aquello que parece probable, la simetría, el olvido y la encarnación en otros seres: animales, plantas y luego, otra vez hombres. me lo enseñaste todo, pero no soy plana y me prolongo. también me quito los zapatos y la desesperación por descubrir el fin: el remo baja hasta el fondo, es septiembre. no nos movemos, estoy sentada para ser diferente, por eso...

¿dónde está dios en este hombre?

fragmento de una carta

me presentaron a un hombre de quien me habían hablado como si fuera dios. yo estaba nerviosa e impersonal, porque quería que dios me viera: ese dios entró en mi casa con su ropa normal y su cinto y empezó a ocupar mi cabeza. yo quería reflejar en mí, todo cuanto en mi admiración él era: pero su deseo no era precisamente mi admiración. él buscaba, caminaba al lado mío, se lo llevaba todo dejándome sola, con mi enorme capacidad de asombro. buscaba en la regulación de la teoría automática las concepciones y métodos que podrían *controlar* la producción filosófica: el perfeccionamiento de las condiciones estructurales de los enlaces dialécticos que condicionan la comunicabilidad y la asociación a todos los cuerpos del universo, y proponía un estudio del control de los procesos naturales, analizándolos a través del mundo del poeta: *lo humano es un horno con llama controlada, producido por el fuego heraclitano...* nunca antes yo había tenido la conciencia, sólo una idea vaga e imprecisa de dios. al encontrar a este hombre, al tratar de comprender sus leyes, al entrar en el espacio de iluminación que él proyectaba con su pensamiento, empecé a conocer otro tipo de amor. yo deploraba que se cerrase un ciclo vital, que tuviera que ser expulsada de un ciclo

13

concluido y me fuera necesario dar el salto más difícil: renovar la fe. comprendía siempre la incapacidad de mi corazón por seccionar la vida en períodos distintos, el dolor de las constantes ambivalencias, las emociones siempre entremezcladas, indefinidas, la necesidad de fronteras en las cuales nos podamos apoyar, antes de seguir adelante; comprendía la lucha contra la dispersión, contra la vuelta a empezar, contra la finalidad de actos carentes de sentido y de fin en nuestro ser: todo en el mundo interior tan dividido, como en el mundo externo. no tenía –ni tengo– zonas claras sobre mi traslado de un sitio a otro, aún con reservas, aún de forma oscura dentro de mi comprensión. mi dios era un ser vivo: un acto de comunicación humana que me permitía renovar esa fe, a cada instante. lo buscaba en las personas, como un panteísta lo buscaba en las piedras o en el fuego. lo busqué en ese hombre que finalmente no era algo material, ni una forma humana, más bien, una proyección. una traslación de la visión del ideal que posee una forma. así, como una imagen holográfica: los rayos que recogen e invierten la visión para ser proyectada, están dentro de mí. toda la idea de dios que puedo sentir está dentro de mí, no necesito educarme para él. el existir está dentro de mí y me hace consciente de su existencia, y su no-existencia es la mayor posibilidad de muerte. porque soy escéptica y atea, no me interesa abandonar mi locura, ni las mentiras que me envuelven y penetran mi espíritu para no perder ese engaño vital. cuanto más vasto sea este encuentro, cuanto más profundo, más me acerco a la unión mística, al amor menos individualista; ese engaño no es otra cosa que un misterio necesario, el sentido de la creación donde se rompen, en sus señales, esos odiosos límites que establecemos para ser... «¿quién dijo alguna vez: hasta aquí la sed, hasta aquí el agua?, ¿quién dijo alguna vez, hasta aquí el aire, hasta aquí el fuego?, ¿quién dijo alguna vez, hasta aquí el amor, hasta aquí el odio?, ¿quién dijo alguna vez: hasta aquí el hombre, hasta aquí dios?, sólo la esperanza tiene las rodillas nítidas: sangran.»

in vitro

analizándome dentro de este tubo, o probeta, donde amanezco y muero observada, quisiera saber: qué sensación de las normales experimento, por qué las busco sin cesar, sin comprenderlas, para qué archivo de mi necesidad ando sumándolas. todavía no sé por qué me hicieron esta persona que debe vivir, hacer contacto, si sólo vivo de imaginar que vivo, porque vivo después. vivo en la acumulación de esos detalles que para otros, en el instante único de vivirlos, son la vida. mi vida es anterior y después, nunca presente. y, cuando confronto con lo inmediato –llamémosle realidad–, el tamaño natural de la sensación sentida se reduce. porque yo vivo en mi sensación imaginada, indiferente de cualquier aplicación práctica del existir... en los cielos de anoche, mientras nos acercábamos a la ciudad, en la inmóvil y vertiginosa distancia de esa luz, yo abajo, en la carretera planísima y allá, sobre mí, la omnipotente creación. yo quería poseer la rapidez y el cambio de esos cielos, que cada vez eran otros; pero, ninguna velocidad me haría adquirirlos, comprenderlos. entre ese paisaje y yo –y Elizabeth limpiando el cristal, las gotas de agua que emanaban del crepúsculo– había algo más que el tiempo de la descripción, de la palabra, de la significación, algo más que el sentido que encerramos en una palabra, porque hay un tiempo que es sólo el de las imágenes.

el intercambio entre esos dos tiempos para mí no es lingüístico: el exterior, sonido, el que se percibe cuando lo escuchamos, el que sobrepasa la barrera de algún sentido dispuesto para recibir esa señal; y el otro, el que está y no está donde está la palabra, que utiliza la palabra como una rueda que saca su fuerza de un molino y gira y gira la imagen: color, símbolo, sensación, transparencia, incorruptibilidad en cuanto a mi sola o tu sola pertenencia, velocidad, ritmo interior de nuestra expresión, estado. nosotros, los empequeñecidos, sólo aptos para contemplar la medianía de la luz y describirla... esta mañana, antes de entrar cualquier luz miserable por la puerta de este cuarto, hotelucho, posada de provincia, tú tendido, yo sin querer romper mi imagen interior, el filtro con que la soñé, tú íntegro sobre las sábanas y yo tratando de verte en sobreimposición, de verte muy fijo para no olvidar que te estuve viendo así, tan cerca de mi vidrio, describiéndote con la imaginación que puse en la idea de ti, desnudo y liso sobre las sábanas. no mío, sino en esa distancia, cada vez más esa distancia, que hace que veamos, o imaginemos lo perfecto.

no me detengas más, tengo prisa

a Enzo

ella mira por los barrotes y espera. el huevo sigue ahí solo y acompañado a ratos. tal vez nacerá. por las rejas que los niños hicieron, ella contempla los pedazos de cielo y se marea. es blanca y gris. se estremece y llama. escucha los pequeños comentarios, los ruidos que se alejan. ¿volverá?, el huevo ahora está oculto. su ojo rojizo se desprende del círculo y vuela, a lo sobrehumano. ella espera, soporta y calienta. soporta y descubre: el mundo... el mundo. ese lugar que tiene el límite de quien se va, de quien ya no se ve en el horizonte. él se ha ido, en mayo con el golpe del principio de la primavera. había proclamado su voluntad de ser libre y de escapar de la ruta de sus sueños... pero ella sólo tenía un sueño, solo y único, circulado, irrepetible, en el centro efímero de su ojo rojizo. no fue esta casa la que soñó, pero así estaba hecha. y tampoco pisar amarillo, esos granos que corren con el agua. a veces, se mojaba, pero sólo es mejor esperar que no creer. antes compartían el asunto del calor: mientras ella salía al pequeño camino del balcón, él cuidaba con sus plumas, al huevo, como si fuera ella. y cuando él, mirando hacia la distancia, decidía comprometer a la paloma deportiva y sola que habitaba en la casa lejana, ella –vigilando y sin dejar de vigilar, vigilando y sin dejar de creer– dejaba su calor sobre lo comprometido. cuando él se fue, sin querer, porque pudo volar y fue un descuido de un ala que creció oculta, tal vez demasiado, cuando se fue, ella adentro, desde el oscuro precipicio, desde la otra libertad que asegura un sitio a los granos dorados, al agua que se beben juntos, repetía: no lo creo; porque el mundo que se veía desde su ojo rojizo, los fragmentos de azoteas mojados, herrumbrosos, el ordenamiento de las sábanas blancas, no podía tener fin. lo demás, era el tiempo, una circunstancia, otra mentira: la esclavitud de ser un día medido por el sol que se va y regresa. todavía quedaba un extremo más allá del alero, otro espacio extendido, un punto errante en el después. él llegaría con su pico ladeado y su plumaje verdiazul distante, indiferente, como si desde arriba, como si desde siempre, un copo se aproximara y cayera sobre su corazón. tal vez para ella no existiera esa verdad medida por el conocimiento... no me detengas más, tengo prisa... ella se detenía a propósito, firmemente y entonces, mirando siempre por un pequeño cono de luz que entraba por la abertura azul de la madera, se imaginaba la felicidad. alguien se nos olvida –pensaba–. insiste en que vuelva pronto, el año ha terminado rápidamente, hace dos años que no te veo. sobre las yerbas aparentes la otra luz no responde, nos cansamos de esperar. ¿será esta rapidez el miedo?

no me detengas más, tengo prisa...

signa

si triunfo cambiaré la vela

ella seguía gritando a punto de perder el sentido, todavía no es mi hija, pero alguna vez estuve dentro de ella. ahora, después de tantos años, no queda nada de aquel color que tal vez tenía. sus ojos son pequeños y verdes, como insectos que salen tras las puertas y atienden todo lo que toco o miro. nació por casualidad, de una llamada equivocada que fue una reafirmación anterior a su presencia, y la inventé: porque tenía que ser *signa* alguna vez, tenía que ser ella, buscarla dentro de mí y hacerla verdadera (aunque las mujeres artistas –me han dicho– no deben tener hijos hembras). ¿te acuerdas de la visitación de la virgen en el libro de San Lucas?... *¿ellas sospechaban entonces que parirían para el sacrificio?*, preguntas mientras me agacho frente al espejo bruja, y ella ante mí, hace muecas absurdas. por eso me gustaron las acrobacias de ese hombre en el sofá, de nuevo desflorándome contra la alfombra fría: haciéndome volver a mi virginidad de treinta y seis años, hasta perder la idea de mi cuerpo y el sonido de sus palomas. no sabe que la inocencia también es peligrosa, que se venga de las afrentas anteriores en su empeño de reconstrucción constante. me gustaría, por ejemplo, que ahora me acariciara el vientre, que me esperara a la salida de las clases y deseara también su nacimiento para matar −en el recuerdo− la unilateralidad anterior de esa imagen. le pondría a este cuadro *El nacimiento del hijo* y con él perfeccionaría los nacimientos anteriores y hasta la soledad de mi ombligo. porque ella retozaba y sufría desde entonces, antes de concebirme y que la concibiera en este sofá: sólo la doble imagen de volver a ser ella puede salvarme de la corrupción de la incondicionalidad perpetua, ahora, seguía gritando a punto de perder el sentido. todavía no es mi madre, alguna vez estuve dentro de ella, después de tantos años no me queda nada de aquel calor que tal vez tenía, sus ojos son pequeños y verdes, como insectos que salen tras las puertas y observan todo lo que hablo o miro. una mirada que no pierde nada de mí: la esquina de ese ojo réprobo observándome: un ojo reproche −por estar, por escoger, por haber vivido− me reprocha la oportunidad de ser en otro instante... cuando me alejo, o se aleja, siento una opresión, cierta lástima, deseos de gritar y que me oiga, de existir y que me vea, que sospeche que soy alguien, que respiro, que me ahogo. pero sólo encuentro el terror de que falte el pan, o falte un día, o falte dios. un terror que se va acumulando dentro de mí y es otro vientre −el vientre de donde verdaderamente he nacido−. es como si ella, tal cual es, no existiera; como si yo, tal cual soy, tampoco. y ese es mi castigo −en el único tiempo real que viviéramos juntas−, ese instante equívoco de la concepción: el vientre que es la primera casa es también el lugar de la primera muerte. el lugar donde nací y morí al mismo tiempo... ¿ellas sospechaban entonces que parirían para el sacrificio? cuando salgo y cuando regreso su ojo empieza a aparecer detrás de mi sombra: mi primera salida tuvo que ver con ese ojo, con un llanto antes de nacer −según me han dicho−; ese ojo que de una manera extraña iba a estar conmigo para mirarme sin ver y humillarme con su persecución: un ojo neutro, que ha perdido toda la bondad y me hace víctima de un amor enfermo, viscoso, que yo repetiré con otros hasta que se rompa esta cadena de mal. dudo que en ese ojo no haya existido algo que no fuese enjuiciado, desaprobado, corrompido antes de nacer. me pone a prueba, me compara, me compra, sabe que no podré mejorar, que no podré respirar, que dependeré de su existencia física, de su vigilancia constante: que *va a hacerlo todo por mí* hasta el fin de sus días, que *voy a hacerlo todo por ella* y que mañana esconderá la llave, o la perderá, y por la noche pondrá los pestillos y –aunque no los ponga– también oiré cómo cruje al cerrar, la madera agrietándose. los oiré siempre –como oigo las tijeras antes de subir, antes de bajar, después de cortar el crimen que cometí al nacer–. otra vez, otra vez y siempre: las tijeras que se aproximan y me cortan cada día la voluntad –un trance que no quiere olvidar, que no puede olvidarse–, y las afila constantemente, para recordármelo, para dividirme... ahora, las dos seguían gritando a punto de perder el sentido. todavía no son mi hija ni mi madre. pero alguna vez estuve dentro de ellas. después de tantos años, no me queda nada de aquel calor que tal vez tenían. sus ojos son pequeños y verdes, siempre siento sus miradas, la mirada de esos ojos pequeños y verdes, como insectos que salen tras las puertas y me complementan.

la otra muerte

la estirpe de las mujeres Landa, en mi familia, termina conmigo, según las investigaciones de mi tía –mi única tía por vía materna–; mi tatara-tatara tío abuelo fue el arzobispo de La Habana, Espada-Landa, este señor que construyó el cementerio de Espada y que hizo grandes inversiones cristianas y culturales en el tiempo de la Iluminación. otros personajes destacados fueron, una tía abuela llamada Juana, *la Loca* –le decían–, que escribía versos y andaba todo el día debajo de un paraguas; y el tío abuelo Esteban, que era profeta y auguró muchas cosas –que ocurrieron y no ocurrieron–, y publicó en los periódicos de la época. cuentan que, mientras araba un día su campo, se encontró un santo de madera y desde entonces comenzaron sus profecías. pero la estirpe de las mujeres Landa, con sus poetas, sus suicidas, sus profetas y sus arzobispos, termina conmigo, y yo tuve, con ese árbol genealógico, todo lo que se puede ofrecer a alguien, y tal vez no lo supe –materialmente, espiritualmente– desarrollar. ahora he llegado a los treinta y seis, sin miedo a perder nada más, ya que para mí «el mayor orgullo es el orgullo del renunciamiento». pero, anoche, muy tarde, subía las escaleras y en mi piso, alguien tocaba a la puerta. ella había venido vestida de morado y yo estaba de negro. desde que la vi, un pacto oscuro se selló entre nosotras y tuve miedo. se fue casi de madrugada, después de conversar conmigo durante dos horas. sólo comprendí la falta de mi libro de cartas, a la noche siguiente. enloquecí buscándolo: saqué las gavetas, revolví toda la casa y me desesperé. sentí habérselo enseñado, haberlo puesto allí, sobre la mesa de mimbre de la sala. no podía perder ese tiempo, no había espacio para mí sin esa historia: y sufría por la inmortalidad de esa utopía perdida, de mi memoria irrecuperable. buscaba y buscaba sobre mis pasos, para intentar otra vez lo imposible. yo era la guardiana de la ausencia y la ausencia no podía perdérseme. en estos días, la gente cambia fácilmente sus recuerdos, venden su pasado por adquirir una apariencia que los haga próximos, actuales: las abuelas son sacudidas profundamente de sus árboles genealógicos y una cadena sucesiva de parientes les arrebatan los sueños, las ilusiones, lo que fueron. ¿quién justificará esta pérdida monstruosa del pasado?, ¿quién justificará este desmantelamiento?, ¿quién, al final, será la verdadera víctima? yo, todavía, soy de la estirpe de las mujeres Landa, de una recia familia que perdió todas sus riquezas materiales durante la guerra, con la Reconcentración de Valeriano Weyler. esas mujeres rollizas, fanáticas y rubias, andan tras las carretas con sus animales, como sus catres de boda engalanados de tules, con sus recuerdos intactos frente al viento, van por los caminos, contra el polvo, algunas ciegas ya.

minimals

a esa hora siempre me despierto y entonces sobreviene un gran desvelo, un tiempo sin realidad para anticiparme a lo que voy a sentir. la puerta del centro –por donde siempre he presentido que vienen a conversar– estaba abierta, sin que ningún aire o corriente posible lo hubiera provocado. y por allí, veía exactamente la cara de la mujer del cuadro, petrificado, mirándome también. yo quería escaparme, pero la estaba viendo, con lucidez, aun cuando cerrara completamente los ojos. la culpa tal vez fue de mi madre, que tantas veces en los últimos días había roto, al empujar la puerta, por donde después avanzaba gritando, insultándome, aquel pestillo, puesto allí por Raúl y el carpintero que murió la semana pasada. yo sabía que entraban por la puerta del centro: casi siempre Rita, Aída, Ileana y los otros, o el traje de mi padre, un traje oscuro y sin cuerpo, sólo la silueta ennegrecida como envoltura. yo entonces quiero gritar, pero me quedo atragantada y sin voz. nadie dudaría: están allí, tan intactos como lo fueron otras veces, o quién sabe si más. ya que, sin formas, sin cuerpos... una imagen de la que uno nace es la única manera de nacer dos veces... desde hace varios días se me ha metido esa idea en la cabeza, la idea del desdoblamiento, la adquisición de diferentes cuerpos, o sutilezas de la materia –de hecho, vivimos en la más vulgar o de mayor grosor–. la significación de la imagen de Ligeia otra vez rondándome. y esos que entraron anoche me convencieron de lo que va a suceder: porque de nuevo no soy y soy yo; de nuevo son míos en las imágenes de esta forma humana, comprometiéndome a una, otra proporción; asegurándome otra imagen superada en sus deficiencias, hacia la belleza, hacia la verdad que imagino; una bonita manera de irse y encontrarse otra vez. pero, cuando me preguntaste ayer por qué lo hacía, te di las respuestas normales, comprensibles, ninguna era cierta... la verdad que imagino comprende un acabamiento, no un final, un término de la forma hacia una forma más elaborada. ¿reencarnación? no, nada de eso: desdoblamiento, yo, en mí, con mi memoria, estoy agotada, como cualquiera, necesito salir de esa cáscara corrompida, de la experiencia limitada por un solo cauce y tomar otro alcance. no es sino nacer de una imagen. ya no soporto más esta trituradora de sentimientos, de sensaciones y de carne donde me muelo cotidianamente, sin haber existido, sólo prexistido. la muerte es una imagen que no soporta la ambigüedad, el desplazamiento, por eso es que se muere de verdad, de imágenes fijas. yo, por el contrario, he preparado mis imágenes abiertas, cambiables, mutables, y ahora cuando me vaya, ellas podrán hacer cualquier cosa alternativa, consciente: ella se quedará por mí. anoche me lo confirmaron. se abrió la puerta y entró un viento helado, un frío que me hizo temblar y acurrucarme contra el suelo. después se fueron, con el mismo silencio de siempre, como si hubieran cumplido su misión. sólo aquellas ratas de nailon, grises y negras, colgaron del techo hasta la mañana siguiente. la incapacidad de los otros para verlas, el terror producido por un cambio de estado o de visión, de aceptar este proceso como los animales o las plantas, hechas para llegar hasta la plenitud del mejor sol, en proporción perfecta hasta los vórtices. la muerte es un recurso de altísima conciencia, no un punto de fuga por donde nos escapamos. a esa hora me desperté. la tensión de la finalidad indolente con la que avanzamos me había dado hasta entonces dos opciones, no más. ahora, tenía muchas posibilidades ante mí, no sé si me comprendes... una imagen de la que uno nace es la única manera de vivir dos veces.

Amparo

todavía se mantenía esbelta y lúcida, pero apenas podía mover las rodillas. *mis rodillas*, se quejaba. pidió que la lleváramos a la pizzería. él insistía en traerle una pizza o cualquier cosa. ella... *que no, que no me contradiga, que estoy muy enferma.* cruzamos al fin con mucho trabajo la calle, casi arrastrándola. sus ojos claros miraban muy fijos. detenía constantemente a otros transeúntes y les preguntaba que cómo la veían... *¿usted cree que me hará bien, usted cree que llegaré?...* una mancha morada cubríale la mitad del rostro como un obstáculo abismal, tan abismal como el deseo de vivir hasta la próxima cuadra que parecía infinita. como si lo sintiera desde lo más profundo de mi cabeza, como si temiera que la dejara allí, entre su lejana mirada y la necesidad de llegar, se acomodó fuertemente en mi brazo, me marcó con sus dedos, con su olor, con su respiración cortándose como el aleteo inseguro de un pez entre el aire y el mar, recuperando una porción tal vez inalcanzable del instinto que queda más allá de lo posible: su desesperación. yo quería reírme y llorar a la vez, con esa risa convulsiva y nerviosa que da el miedo. le pregunté si estaba sola, si no tenía a nadie. me interrumpió en uno de los lados de su jadeo para que no averiguara más. rotunda, miró sus pies ennegrecidos, las uñas que parecían devueltas de la tierra

31

como raíces, desenterradas. mirándola con más detenimiento, se parecía mucho a esa tía abuela que había muerto cuando yo era niña. me convencí de que no era casual que nos pidiera que la acompañáramos. es alguien que vuelve –pensé–, alguien que se aproxima, no hay casualidad. ella me miró asustada... *¿cómo me ve, me encuentra bien?...* y en ese momento se convirtió en mi tía Amparo, aquella que estuvo muriéndose y que durante la agonía había podido pronunciar la frase necesaria, muy bajito, muy bajito, tan bajito que se confundía con el hedor del cuarto, con el humo del incensario, con el zumbido de una abeja que atravesaba el humo gris: *un hombre en Mantilla, busquen a un hombre en Mantilla...* y desde entonces salieron en procesión con los paraguas, bajo una lluvia torrencial, bajo el diluvio, a encontrar a aquel ser único, capaz de traerla de la muerte. ahí se borra mi recuerdo, o pierdo la voz de quien me lo contó hace muchos años, tal vez cuando ya había crecido y dejado de llover, y supe que aquel hombre había aparecido y la había salvado. por eso estaba aquí ahora, después de tantos años, para que yo confiara, para que yo comprendiera. la voz de él me despertó del pasado que ella y yo ya para entonces compartíamos, con una pregunta que pretendía asir alguna cosa sobre este encuentro y, a la vez, prolongaba la duda. ¿hacia dónde se dirigía aquella mujer, tan aparente en la cotidianidad, tan irreal? ¿hacia la muerte?... *¿y allí alguien la conoce?...* y ella, como si hubiera pasado un viento muy fuerte ante sus ojos, de esos que se lo llevan todo –menos el zumbido de una abeja entre el humo gris de los carros–, sobreviviente una vez más por aquella razón, sacó unos espejuelos oscuros muy antiguos de su cartera de noche raída; unos espejuelos con piedrecitas pegadas en las esquinas puntiagudas, mil veces caídas y otra vez puestas allí con infinito cuidado, aún resplandecientes –como estrellas, como brillantes– y, con mucha lentitud, entre el movimiento de ponérselos y responder, lo miró todavía intransigente, como si le sobrara toda la vida para esta indiferencia final, y con aquella misma voz, muy bajito, muy bajito, con la que lo llamaba mientras agonizaba todavía, le contestó... *y eso qué cambia, lo mismo da...*

Donatello

tal vez estaba vivo aún. anoche, su pelambre oscura pareció rozar mi pie en la acera. días antes, la anciana María que vive en los bajos me había preparado con la noticia –*Manolo los mata para darle de comer a su perro, ayer mató cuatro*–. dentro de esos cuatro podía estar el mío (a veces, temo más que a todo, al temor; el temor de no entretenerme con las pretensiones o baratijas del ser; el temor de actuar y perecer en la actuación, como el enfermo de Molière, sin ser consciente; el temor en el centro del temor). hay un café en New York –dice Osvaldo– que se llama así, Donatello. la expresión del gato en mí es jugosa, su cara aún de conejo no define su especie; su cara delicada y triangular con los bigotes torcidos por el fuego, cuando se acercaba demasiado a la llama. su aullido, de pura caricia, en zarpazo y desolación. ronroneo nuevamente. ahora, miro el hocico oscuro de Dédalus, donde hallaba la diferencia y quisiera encontrar su nariz enrojecida. la última noche que durmió conmigo, durante la madrugada, nos despertamos a mirarnos, en su mirada encontré un humano conocimiento, por eso huyó. temía volverse demasiado dócil a mi sueño. (tengo un dolor frío, sin sentimientos; un dolor calculador de la esencia del Mal; de su presencia acechándome al doblar esta esquina). el edificio está derrumbándose, y adentro, se aprietan las parejas contra los muros de cal. la carne no alimenta, pierde su jugosa felicidad. la carne está pudriéndose mientras me besas con el beso sellador de un aullido. las cabezas de los gatos cuelgan como los martinetes vencidos de un órgano y el sonido está en mi cerebración. Donatello fue un gran pintor con la expresión de un gato en sus bigotes torcidos. una ciudad maúlla y gime como tú. está hecha de ese dolor que se esparce en la piel cuando estamos áridos y solos. siento la cosquilla de su bigote que ha nacido para conmoverme y tiemblo. él está en mí, con su olor, su sabor, su pegajosidad. la piel se abre nauseabunda, el aire se contamina con el hedor de las cabezas cortadas. algo está crudo afuera. mi pie vuelve a tropezar con la baba, la saliva del silencio (el edificio era del siglo pasado). la carne de mi gato alimenta hoy a tu perro... el café se llamará Donatello y el símbolo justificará su pérdida (objetos que se vacían de su temor para ser imágenes)... están prendidas las luces del café, el triángulo entra en mis pómulos –tengo el corazón de un gato–, ronroneo. me acomodo muellemente junto a ti. los gatos han desaparecido de esta ciudad. sus cabezas cuelgan de los árboles de navidad. es diciembre, como en los filmes de la guerra el edificio se desplomará suavemente (sal y pescado). abrázame. el gas del horno Silvia; el gas gime dentro de la noche que es campana; el gas que está en mi aliento cuando te beso para quemar algo vivo en este crematorio de palabras que es mi boca... el gas, el gas que está vivo y continuo en su conciencia de ceniza azul ha llegado. los niños toman sus jarritas de leche fresca. el aullido descongela las tuberías heladas, la escasez de mi recuerdo y tu soledad. han tapiado los rincones y estamos exactos debajo de la noche... vaciándonos.

por el ovillo y no tenía nombre

estar en este cuarto los tres soportando una conversación sobre los perros que cada uno ha tenido. pero yo nunca tuve un perro. Mario se ríe de cualquier cosa. la muchacha hace sus cuentos de perros. ella ha venido y tiene el tono normal de persona que no quiere nada, pero que tampoco rechazaría algo si se lo ofrecen. dentro de Mario hay un Mario que desea que me vaya, pero no sabe por qué exactamente y en el fondo quiere justificar su no poder, o su no querer con mi presencia. yo quisiera irme, poder salir de allí y no regresar. pero me quedo, no puedo moverme. lo que comí se está moviendo precipitadamente en mi estómago y deseo echarlo fuera de mí, vomitarlo. me impongo el castigo de parecer normal y de escribir esto y una tarea –como esas que ponían los viernes en la escuela de repetir quinientas veces una frase, línea tras línea–. *Mario es un imbécil.* el cuarto se ha quedado en penumbras. a mi lado, sobre la butaca, está la *Paideia* esperando por mí; encima de la mesa gris, la máquina de escribir esperando por mí. ellos llevan minutos interminables discutiendo sobre la carne de perro. mi estómago se mueve como si fuera a reventar. no sé cuánto tiempo soportaré. Mario inventa y agranda cada cuento, se pone en el nivel de seducir y usa cada posibilidad para eso: caritas de estar contentos y se ríen. ellos sonríen, se ríen, el perro que no está ladra.

él le regala su libro y ella responde: *thank you very much...* yo trato de sonreír. los celos –pienso, o trato de pensar para justificarme– no son solamente el deseo de mantener la unidad de una imagen, para impedir que la realidad corroa esa imagen de lo que amamos. uno quiere mantener la altísima imagen de lo que ama a toda costa y no soporta ceder, verla caer en el deshielo: la revelación de las trampas del otro convertidas en monedas de seducción, sus estados menores de comportamiento, nos relajan esa integridad, y uno no admite la promiscuidad del otro, porque no admite la promiscuidad de su ideal. sé que lo que siento sólo puede ser aniquilado si lo reconozco como algo más en lo que amo y no me corresponde, como algo que existe aunque no sea mi pertenencia, como un presente que ya es pasado porque es anterior a mi necesidad. la madurez –repite alguien dentro de mí– es el desprendimiento de lo que no se es, y luego el equilibrio de lo que se es en relación con el ser humano a quien se ama, y también permitir a los yoes de esa persona, sin relación con uno, que existan fuera de la relación. pero sigo sentado aquí: ni ladro, ni me río, ni puedo convertirme en alguien desaparecido con la noche. porque nadie es suficientemente grande ni suficientemente pequeño. nadie ha sido, a tamaño natural, otra pequeña dulce cosa que no sea el pasado. vamos a recordar cuando caminábamos por el ovillo y no tenía nombre, sombra en la yerba que una vez pisada desaparecía. tal vez maté un león que hallé sobre una jirafa muerta. maté algo allí –como tú–, y esa es mi culpa. porque nadie está suficientemente vivo ni suficientemente muerto jamás. a la jirafa la percibí por el deseo de vengar en mí este olvido. uno mata en alguien lo que no tuvo ayer y la cadena es perfecta y perpetua.

kitschmente

tengo las orejas grandes y me gusta el talco. hace poco tiempo, también me pintaba las uñas, con perla rosada. ahora, pinto las paredes: grafitis, endecasílabos, manchas –Julio Ramón Ribeyro, Heráclito, Cavafis– y copio advertencias contra las *ilusiones de la desilusión.* sueño en colores, me gustan las sardinas enlatadas y andar harapienta por la casa con los zapatos sin cordones: soy *kitsch*, y mis amores, mis pasiones, mis sentimientos, mis amigos, mis condecoraciones, mis méritos y deméritos también. tal vez de un *kitsch* idealizado, distinto –una cáscara más refinada o «literaria»– al ordinario. pero eso no me salva. este personaje lo escogí, y aunque hubiera podido ser cualquier otro, tal vez la bailarina de Tropicana, la jinetera o la monja, mi fidelidad a la renuncia, a la abstinencia y a no ser múltiple –cierto gandhismo– me empecinó en mí: megalómana, ridícula y cursi. y cuando busco, encuentro esas lentejuelas también en las palabras y hasta en la metafísica de mi expresión. soy: el deber ser que no llega a ser, la promesa falsa, una mezcla fatal del alquimista. a veces, me consuelo pensando que tal generalización es también una fábula, es histórica, que no hay otra salvación que comprender la imagen: la imagen que te han hecho y que serás. pero cuando todavía trato de elegir algo que amar, algo que parezca verdad, estoy ante la evidencia: me salieron mal trazados, incompletos, prefabricados y de tránsito los personajes. por lo que yo –atrapada también en mi incapacidad de sobrevolar la imagen dada– no puedo saltar sola el obstáculo de la mediocridad y la utopía. sé que hay millones de personas que viven y mueren así, sin saberlo. trabajan en oficinas, tienen carro, salen al campo con su familia, educan a sus hijos, hasta que llega una brusca emoción: una persona, un libro, una canción, y los despiertan y los salvan de la muerte... entonces, aparentemente, estoy salvada. he recibido en mí la idea de la persona, la letra de la canción, el libro y el propósito. ¡qué desgracia! he creado también otra realidad que constantemente se parte: estoy partida, dividida, entre el ojo que me observa, que me vigila lo que soy y me critica interponiéndose a cada paso entre mi cotidianidad y la armonía y «ese ojo blanco y ese ojo negro y los ojos de sus ojos» –como lo llamara Cummings–. la perfección sería sin palabras y la imperfección es la queja; «el escritor sólo puede ofrecer signos sin significados: el mundo es un lugar siempre abierto a la significación, pero incesantemente defraudado por ella» (Roland Barthes). la vida parece ser lo mismo, o tener la misma función crucial que toda literatura, según me han dicho. la vida es, existe, no tiene ningún sentido, más que el vacío de sentido, el vacío de significados. y se unen aquí, en un mismo espacio, un criterio estético y un criterio ideológico, antropológico, existencial. el símbolo –como ha dicho también Barthes–, la cruz del cristianismo, por ejemplo, es la búsqueda de un absoluto, de una seguridad, de una certidumbre: la vida es, no sirve más que para usarla, para ramificarla en miles de significados y extraviarla, o perderla por alguno de ellos. yo emito señales (*kitsch*) para suplantar esa pérdida, esa absoluta pérdida; para unir la falla, la rajadura que está entre mi potencialidad y la ausencia. y hago concesiones para existir (*kitschmente*), por más esfuerzos que haga por intelectualizar, o tener conciencia, cuando salgo de una película de Tarkovsky y en la puerta, todavía cerrada para mí del deseo y la noche, entro en los carros, en los ruidos y la realidad cierta, ese otro espacio, ese otro tono exterior, me hace, por un momento, ir desaparecida de los otros, distante. me aterra esa fragmentación de la cultura, esos cambios de estado –más fuertes que los cambios climáticos– a los que nos sometemos. esa imposibilidad de permanecer, de estar –¿en el cuarto de la felicidad, bajo la luz y la lluvia que no cesa, en el centro mismo de la significación?– parece ser una reducción más. querer llegar a alguna parte, situar allí el lugar de la perfección y el éxtasis: el hombre inteligente es solamente un *stalker*, un conductor, un guía para el recorrido, él no necesita entrar en el sentido, o en el fuego, o en la lluvia, o en la paz de la creación misma, sólo partir y recorrer, partir y regresar, lanzando la tuerca para no extraviarse, recogiendo información, sin creer: *él sólo sabe.* yo cuelgo un tapiz, con una reproducción de Miró en la sala de mi casa; salgo con aquel funcionario que escribía poemas y ha querido materializar su «amor» conmigo dentro del carro –rojo tal vez–, en el parque Almendares, como si yo también fuera un medio básico; escribo cartas a Falcón –o a Diógenes– de mi Ítaca en Moa. visito a mi otro amigo con sus jarrones persas y sus «ventanas de Tahití», y a mi otro amigo mutilado del alma y del brazo sin batallas –mi Gonzalo de Perú en Miramar–, o al vegetariano que, como un nuevo rico, respira «dióxido de carbono y pretende exhalar oxígeno», comete el crimen de los frijoles blancos, de la grasa absorbida en el almuerzo, en el calor de toda su generación, y quiere parir, purificarse, ser libre del azar y los carbohidratos: mi amigo Roland Prats por Roland Prats, preparando conferencias de semiótica con libros envejecidos y la ropa negra, teñida y exprimida muchas veces –de neoyorquinos que aparentamos y tal vez parecemos–, pero negra: garfio, corazón y perro dálmata... *a dios en silencio bendigamos, por la ciencia perfecta de este camino en flor.*

·

flor de invernadero, *made in*...

Un jazmín en un cristal de agua clara: esa es la elegancia verdadera,
que el vaso no sea más que la flor.

JOSÉ MARTÍ

todo lo que amamos esclaviza algo en nosotros... no recuerdo ya de quién es esa frase. empezó el año 1989 y ordeno los pomos plásticos de champú, las latas vacías de desodorante espray gastado en el baño: quizá exploten al chocar. esta miseria necesita una nueva decoración, otros líquidos coloreados, otro lenguaje. la gata busca otros sitios donde soñar, cambia de lugar y cambia de sueño, así, tan fácilmente; es una gata barcina, manchada a tres colores, corriente, pero se llama Justina –como el personaje del *Cuarteto de Alejandría* de Durrell–, aunque ella ni siquiera sospecha que existe Alejandría, no ha soñado ese sueño aún, quizá no lo necesita. todo lo que amamos esclaviza... *lamidolamidolamila: do si la mi* (sostenido). un instante y vuelvo a tocar la misma pieza, reiterativa, *El Lago de Como*, y me muevo al pasado: historias, sólo historias, tengo el guion y el mismo miedo de aquella vez dentro de la película. en tu buró ha nacido un tulipán por año nuevo. está en una botella plástica también, nevada de mentira, que acaricio y acaricio, no sé por qué, irreflexivamente, como toco estas mismas

43

notas que no darán más que su único sonido, reiterativo: *lamido-lamidolamila: do si la mi* (sostenido), pero debajo del tulipán, en el tallo tiernísimo de magnífica imitación hay un bolígrafo: esa flor que ya no necesita deseos, ni dedos, ni agua. tampoco tú: un hombre en su oficina con una flor de invernadero sobre el buró; yo, como cualquier secretaria parisina, esperando (remembranza de Oscar Wilde con su flor en el ojal). tengo la sensación de que organizo amores vacíos, pasiones sin líquidos coloreados, el horror dentro de los pomos plásticos de las arterias: como cualquier secretaria. he llegado en año nuevo, con mi ropa gris requeteusada y mis ojos oblicuos, sin infinito; prometo traerte próximamente una rosa viva –aquí no hay tampoco tulipanes–, o tal vez, mejor, un jazmín que no diga por dentro: *made in Germany, made in France, made in...* las flores que las mujeres transportan durante sus largos vuelos y son trasplantadas a los trópicos como abrazos. ya sé que me acaricias bien cuando aparezco por este lugar y no haces daño: échalo allí, échalo, escúpelo, en el cubo, en el mismo cubo donde están los hollejos de naranjas, los papeles de las reuniones: con ese semen de mi boca hacia el cesto tal vez nacerá otra especie, llamémosla... *made in* soledad. me tratas bien, digamos, de manera coherente: eres un tipo elegante, compras gatos siameses, prendas de plata, manzanas de exportación sin nieve y alfombras para volar un rato, de sofá en sofá, como mi gata corriente. yo también participo de esta ironía, de los golpes bajos, de la vulgaridad: salgo primero y sin hacer ruido, para que nadie nos vea, para que nadie sospeche. cuando corres el mueble contra la puerta, ¿de qué me vale ser trágica?... *lamidolamidolamila: do si la mi* (sostenido), mi música de fondo, sostenida: la vulgaridad, sostenida, en estos tiempos todo se pincha con tachuelas de colores, plásticas también: ¡una vida divina! pataleo y lloro contra el tulipán que ni siquiera está húmedo, y tendré que verlo todo el año frente a mí, tendré que sonreírle para responder a esa otra sonrisa más allá, a la sonrisa que se burla tras la puerta cerrada de mi ingenuidad, para corresponderle con la apariencia. ¿qué te importa a ti todo esto? yo no tengo estructura, sólo el guion, la manera de hacer otra película con la sombra que aparece y desaparece en mis divagaciones, en mi ocio, en mi tedio ¿con música de fondo sobre *El lago de Como*, que yo misma interpreto mal, con mis dedos de querer tocar cosas imposibles, en *La cartuja de Parma*, encerrada, perdida, escondida, en este pedazo inerte de saliva amarga que escupo en el principio del verbo: *lamidolamidolamila: do si la mi* (sostenido)? eres un cínico, un tipo sin escrúpulos, un desalmado... saliva amarga y vómitos con sangre, mientras observo los cambios de la luz por la ventana de este día de invierno, hasta el mínimo detalle, como si se me fuera toda la vida en ese juego de mirar: abro y cierro las cortinas para que parezca diferente y aprovecho la materia prima de mi encierro y de mi soledad para hacerme la escritora –consciente de que no he dejado de ser aún la secretaria que inventaría cada momento de su realidad para fabular– y cierro las cortinas. tú no haces nada, específicamente nada; yo lamo y beso tu pene originalísimo y corriente, como si fuera único... fue Hiroshima, entre las sirenas que ahora anuncian el amanecer –la misma muerte–, el lugar en que me hicieron tanto daño. estoy castrada, no sé creer. tengo el guion y el mismo miedo: apreciaciones, tengo las palabras y tú la misma piel que supongo tuvo aquel intérprete. escena de la muchacha que ya va a envejecer y todavía espera alguna verdad. él la acaricia con su mecánica de revivir flores gastadas –ella no ha tenido tiempo de imaginar esta escena–; ella en Parma, *lamidolamidolamila: do si la mi* (sostenido), tan rápido en la oficina. faltaron las páginas de sus novelitas de Corín, en la Hiroshima cotidiana, por eso no sabía cómo interpretarse ella misma, corrompiéndose en las oficinas donde nacen flores de invernadero, flores trasplantadas por miles de manos que despiertan por momentos, sólo por momentos, alguna ilusión, pero no creer... mi gata, una gata barcina, corriente, de tres colores, se llama Justina, por la obra de Durell, ¿sabes?, yo no la dejo salir esta noche por los efectos de la bomba, por la química de las radiaciones, por los contactos efímeros, por su olfato delicado que puede dañarse con el olor de las flores que no necesitan agua para crecer. no la dejo salir: maúlla, sola en el sofá, la víspera de año nuevo y me mira con sus ojos pintados con unas rayas negras, rarísimas, incomprensibles, y sabe que no he recibido más que carbón, que contrabando, que chatarra entre mis dedos, entre mis piernas, entre mis sueños, lo sabe y me compadece. mientras reconstruye la escena de la tarde-cartón, yo escupo y escupo contra el suelo de flores pintadas, ennegrecidas, y tanta ceniza sale de mi boca, de mi vientre... no la dejo salir –desde Durell hasta Corín Tellado están, agazapados, confundiéndose– en esta madrugada de año nuevo, reiterativa. *lamidolamidolamila: do si la mi* (sostenido), en la misma ceniza, en la misma suerte, fragmentados, como una obrita de Pollock, al olvido de Parma, de las invocaciones de Stendhal quien creyó, hace cien años, que existía... ¿el amor? no la dejo salir, por mi yo, por su yo roto, desaparecido debajo de esta capa de escombros; es muy difícil ser una gata, una escritora, saltar ese obstáculo del útero... porque *todo lo que amamos esclaviza algo en nosotros*. quizá se encuentre un gato siamés, parecido al tuyo, que parece de raza: no la dejo salir, nos miramos: ella me comprende.

y el faro del pico del sur señalaba su límite

abrí muchas veces el libro y toqué las fotos de Virginia Woolf. entré por sus ojos hasta el fondo de lo que veía. buscaba algo en la sensación muerta de esos ojos. volví a pasar los dedos por esos trajes *demodé* y el cigarrillo que ardía. sentí miedo. esta tarde en el café –en nuestro único café, donde no podemos estar más de cuarenta y cinco minutos, donde no pueden sentarse alrededor de una mesa más de cuatro personas, donde nos prohíben leer o escribir– comentábamos las figuras que formaríamos en el tiempo, si es que seríamos: porque pensamos aún que trascender tiene relación con el después, aunque, yo creo que trasciendo cuando soy en otro, cuando *miro* para otro, cuando mi tú existe, por ser ante todo, el reflejo de alguien en mí. pero yo soy una loca total. lo entrego todo y quiero proponer que es por esa entrega por donde se llega al infinito: que el infinito es humano y transparente, inmaterial, bondadoso, el contrario de lo que somos cuando andamos con un cuerpo; que la eternidad está en el otro, que sólo en el otro que recibe está mi eternidad. y ese sentir no es necesariamente sexual, es creación con alguien, finalidad en el estar constante, un trabajo para llegar a un sitio, juntos. pero, ¿cómo lo entrego en nombre de ese otro lugar que no tiene la realidad? siempre encuentro límites ante mis despilfarros y contradigo secretamente las sentencias de

Solón, cuando establece la ética sobre esos límites, si son límites morales del mundo físico, aunque sé que lo más difícil es llegar a *la percepción inteligente de la invisible medida.* no sé mi medida, y mi locura consiste en querer transformar los límites de los demás, sus alas cortadas, sus egoísmos, sus miedos, sus carencias. estoy –como ha dicho un amigo psicólogo recientemente– perdida en el infinito, desintegrada, recogiendo la materia prima de mis pérdidas, de mis desechos, y tratando de crear con ellos una imagen: parada en un andén, con mi maleta de madera y una caja de cartón –como la Madre Teresa de Calcuta–, esperando que algún tren pare y decida llevarme. ¿hacia dónde?, no sé. siempre aparece un barranco, un cruce o una estación inesperada y el tren desaparece, se detiene antes de llegar o me arroja de las líneas de las manos, y si logro por fin montar, subirme en él –es un vagón al azar–, irá siempre por caminos extraños a extraviarme, sólo me queda una fuerza –la que mi amigo psicólogo ve como debilidad, como desvalidez y no como fe–: es ver *aquello* en la distancia, estar en el después, creer que existe y que lo poseemos a pesar de la niebla, de la apariencia del vacío: renunciar al engaño de la posesión de lo efímero y entregarse al desastre de ser, aunque ser o no ser no tengan ya más que un sentido metafórico, ya que todo *es.* ¿seremos entonces los más débiles o los que menos defensas hemos creado contra las estructuras prácticas del existir, los que aún podemos lanzarnos de un vagón a otro hacia el sueño? mi locura es el resultado de esa espera y de esa entrega. para ser medianos en cualquier cosa, para ser normales, prácticos, tener sentido común y caber en los parámetros, no hay que exigir algo que parezca verdad: las dos naranjas sobre la mesa y el cuadro de Durero. todo puede hacerse inaccesible y lejano en esta tarde, pero yo todavía persigo ese paisaje. ese paisaje que ya no existe en la naturaleza y hemos puesto aquí, cuando he dejado a un lado, por encima del libro de láminas, mi ojo, y he contemplado

48

tu alegría al morder una naranja. ya no sé si es verdad, yo sé que lo construyo y lo siento, no desconfíes de una imagen caótica: la página brillante y el sabor han producido un instante irrepetible entre nosotros, sentir completamente es un fin, por eso, por ahora, es desgarrarse en la alambrada de púas de los demás.

mientras, ella sigue en el fondo de la foto sin extrañarse, ajena, ha cogido su vara de pescar y se ha ido muchas veces al río –como en la leyenda de Agnes.

es ver aquello en la distancia, estar en el después, creer que existe y que lo poseemos a pesar de la niebla...

bellas damas sin piedad frente a un espejo

voy a confesarme otra vez, no quiero que me acusen de feminista, si mi agradecimiento a las mujeres que voy a nombrar se une a una preocupación, surgida desde que rastreo la literatura escrita por ellas –no encuentro cómo llamarla–, especialmente la de aquellas que trataron y lograron ser escritoras: Virginia Woolf, Isak Dinesen, Marguerite Yourcenar, M. Duras, Edna St. Vincent, Emily Dickinson, Selma Lagerlöf, Anaïs Nin, Clarice Lispector, Lou Andreas-Salomé, Rosario Castellanos, Sor Juana Inés, Simone de Beauvoir, Nathalie Sarraute, George Sand, Simone Weil, Santa Teresa. creo que, salvo contadas excepciones, que aparecen entre Sor Juana y Clarice Lispector, esta literatura en nuestros países latinoamericanos se queda de este lado del espejo, como dijera Jorge Zalamea, a pesar de que en poesía no hay pueblos subdesarrollados. por lo que toca a mi experiencia, tengo treinta y seis años y acabo de comprobar que he dado gritos, alaridos, coqueteos, adornitos circunstanciales aquí y allá, y que esa otra cosa, ser una escritora, SER UNA ESCRITORA, es algo más que el desgaste de nuestros cuerpos y sensaciones; algo más que la anécdota de nuestros amorcitos trascendentes o intrascendentes; algo más que el combate «antimachista»; algo más que la ratificación de posiciones –no sólo escribir mientras friego los platos o cuando los dejo sucios, no

51

sólo contar que los estoy fregando y cómo los estoy fregando o si me corresponde a mí fregarlos o no–; algo más que asistir con un vestido muy largo a las recepciones, a las ceremonias, y brindar por cuando, alguna vez, seamos esa escritora que suspira y buscamos detrás del espejo, todavía incierta, anfibia, ambigua, algo menos. ¿cómo cazo y caso lo imposible? ¿cómo lograr la relación entre esa cualidad monstruosa y constante de estar a un tiempo «haciendo la vida», creándola con la materia prima de nuestros cuerpos, de sus dolores y estar al mismo tiempo, en otro, en la sobrenaturaleza –como lo llamaba Lezama–. ahí está Sor Juana, que en la cocina profundiza hasta los fundamentos de la química, eran otros tiempos, otra velocidad, ¿otro talento?, o es la falta de un espíritu contemplativo que nos revele, como a la paloma de Kant, cómo volar sobre los obstáculos difíciles, cómo probar que la materia de los elementos que la rodeaban era también vehículo de su vuelo: no tropezar con la propia materia prima convertida en creación. y cuando no se puede ser «la otra» y cruzar el propio espejo o la retórica de esos reflejos inconclusos o esa falta de las mujeres a sí mismas, ese error ya histórico del que no podemos salvarnos, ni excluirnos: siempre quejándonos por la falta de miles de pedacitos necesarios en el rompecabezas del espíritu para estar más allá de la imagen y traspasar ese espacio transparente que veo del otro lado de mi experiencia y que no puedo, no logro poseer: cuando toco, y no sé si soy yo, o es mi imagen, si soy de verdad, si soy algo que parezca verdad, o la imagen que me hicieron, puesta en mí, esperando por quien llegue y toque las cuerdas húmedas para sonar jota o petenera. ¿por qué el mundo de los hombres no ha admitido esta experiencia, esa complejidad que los concibe y los posee, que es tan creadora y envolvente en su sacrificio, como otra perspectiva del desarrollo espiritual?; o ¿hará falta que el espejo se rompa, que alguien lance una piedra y lo fragmente, que la imagen se descomponga y se rehaga de los pequeños fragmentos del azogue? desde

Safo en las rocas de Léucade, una mujer aguarda: con intensidad, con dramatismo, con desgarradora densidad metafísica e intuitiva lucidez, aguarda, como un animal en extinción y aún trata de realizar la hazaña de convertirse *en lo que se es*. alguien ha dicho, no sin razón, que cuando una mujer latinoamericana escribe, lo hace como si tomara entre sus manos un espejo: para contemplar su imagen: y lo único suyo para siempre de esa imagen –a mi juicio, o es mi complejo de culpa– es la nostalgia: la nostalgia de lo que potencialmente ella vio sin querer en la densidad o en la transparencia de esa luz bajo la cual se ha mirado o han podido verla; y lo que falta, lo que no está, lo inalcanzable detrás, o más allá de la forma del espejo. agradezco la mirada vigilante de esas «damas sin piedad frente a un espejo», las que me observan y están en mí, contenidas, y la fragmentación de todas las que somos, las que fuimos –como en los cuadros de Picasso–, hasta que se promueve la ley de completarnos, de comprendernos y de asumirnos. como dijera Jorge Luis Borges sobre Silvina Ocampo: «las leyes del cielo y del infierno son versátiles, que vayas de un lugar a otro depende de un ínfimo detalle, conozco personas que por una llave rota o una jaula de mimbre fueron al infierno y otras que por un papel de diario o una taza de leche, al cielo [...] allí están, el cielo y el infierno, las terribles abstracciones donde los hombres han encamado una necesidad de retribución, cristalizadas en territorios de pura fantasía, y lo nimio, lo trivial, lo son sólo para una mirada que no advierte cómo a través de ellos se libra un combate incesante.»

el sabor de la ceniza

El destino es un dibujo inteligente: cae precisamente allí
donde no se le esperaba.

ROLAND BARTHES

he recibido esta mañana una carta, cuyo remitente dice: J. J. Nin,
Monte 15, La Habana. dentro de esa carta aparece otro sobre
falseado, enmascarado, con algunos sellos y mi nombre: Made-
moiselle R. M., La Havane... su contenido es una postal impresa en
el año 1912, original, con la misma dirección del remitente (Calza-
da de Monte 15, altos) y va dirigida al señor Gonzalo Güell, Unión
Club, Neptuno y Zulueta. en el reverso hay una foto de J. J. Nin, con
su traje de concierto, su pelo lacio y castaño peinado hacia atrás y
una mirada oblicua, distante, tras los espejuelos que quieren proteger unos ojos muy claros. la barbilla está sostenida por la mano y la
mano parece apoyarse en el límite de la foto, hecha en Berlín. el
texto en tinta morada es sólo: «¡Felicidades!» y su firma. dentro del
sobre hay también una carta muy larga, fechada el 20 de febrero
de 1912. la carta no es original, pero por su letra y su redacción, así
como por los detalles de su contenido, parece imitar perfectamente
una carta de su época, donde Joaquín Nin –padre de Anaïs– le escribe a otra hija que supuestamente tuvo en La Habana y a quien

nunca reconoció. «nunca podré olvidar mi casa en Monte 15, que hospedó a los demonios que me habitan. huyo de ellos. en vano. van conmigo hasta la muerte y quién sabe si me acompañen cuando cruce ese inevitable umbral. he viajado por toda Europa. en cada capital fui acogido con ovaciones. en el viejo continente es donde más solo me he sentido. una soledad que me anula para hacerme renacer únicamente ante el piano. preferí durante todo este tiempo el silencio, le escribo en un rapto de afecto. el corazón del hombre no es todo rencor como tampoco es todo amor. es una sustancia que tiene de ángel y lobo. ya lejos para siempre de Cuba y de todos, incluso de TODO, esa flecha de la nostalgia puede atravesar mi rencor envanecido por la fama. quiero contarle cómo conocí a su madre a la salida de un concierto, al atardecer.» yo leía y releía aquella carta y en cada momento entraba en el juego del destino. «El verdadero juego –dice R. Barthes– no es enmascarar al sujeto sino enmascarar el juego mismo.» los datos parecían salir de alguien que conocía mucho de la vida de los Nin, pero la foto de 1912 no concordaba con el párrafo dedicado a Anaïs –que en esa fecha tendría sólo nueve años– y de quien J. J. Nin dice: «de todos mis hijos tienes afinidad con Anaïs. es mejor ser hermanos de espíritu que de sangre. ella, como usted, detesta los convencionalismos, los horarios, las formalidades. está por encima de todo, incluso de ella misma.» no obstante estas incongruencias en los datos, el deseo de querer que algo parezca verdad, me hizo pensar en algún familiar de Anaïs, pariente lejano ya, que no quería identificarse y dejarme la historia. ¿por qué a mí? dentro de mí ella también era yo y viceversa. y en la carta, finalmente, se hacía alusión a esta idea, o el lenguaje se desplazaba hasta dejarme –fuera del tiempo transitorio– en un tiempo permanente y no menos real, donde yo también era aquella hija, la otra, la hermana perdida en una calle cualquiera de la ciudad. como la postal era lo más aparentemente real que tenía, y aun conociendo de los tres cambios de direcciones ocurridos en este siglo en las calles de La Habana, salimos en busca de Monte 15, en busca de una señal: el destino era sólo un pretexto para llegar. en Monte sólo quedan los números 9 y 11, y las personas a quienes preguntamos no recordaban nada, aunque viven allí hace más de treinta años. en un bar, donde un grupo de hombres abrían unas latas de sardinas, yo les enseñaba la foto: la foto de ese muerto cuando era joven, como si hubiera estado allí, ayer mismo. tal vez, creerían que era una extranjera extraviada o alguien que enloqueció o, en realidad, ambas cosas. lo interesante es que ellos, y mis amigos, también se fijaban en aquel rostro, se preocupaban por la historia y participaban en la búsqueda de otro camino. sin encontrar Monte 15, nos fuimos caminando hasta Neptuno y Zulueta, buscando la otra dirección que aparecía en la postal. pero allí hay un vacío, donde hubo un derrumbe, y nadie sabe a dónde se trasladó la Unión Club, ni qué era. yo quería buscar, no encontrar, creer, no saber, sentí que no tenía líneas para llegar al pasado, que la inexistencia de otras Habanas obstaculizarían siempre mi camino: lo efímero es la falta de sucesión, del número mágico que fije una sensación, una existencia, un consuelo. había que ordenar cada cifra, cada callejón, cada olor y reencontrar el juego. ¿qué me quedaba? darle a todo aquello otro destino: reinventarlo con la veracidad de mi sentimiento, inscribirlo. yo también era una hija de Joaquín Nin buscando su origen y extraviada en la falla. «no debes dudar en el amor que te profesa tu padre.» habíamos vivido debajo de una campana de cristal, afinando ese único golpe transparente que la hacía vibrar sin quebrarla, y seguiría sonando a pesar de las rupturas aparentes y el miedo. aunque nadie contestara, alguien seguiría escribiendo *Under a Glass Bell*; esa campana es un eco y había transmitido su ritmo, su calor, su dolor. «lo que está socialmente marcado es la visión vaga, la visión sin contorno, sin objeto, sin figuración, la visión de una transparencia, la visión de una no-visión. en suma, nada más ideológico que el tiempo que hace.» y ya no pretendo conocer a ningún posible hacedor de este juego, sólo busco de nuevo en sus diarios, en sus frases, «el duro esfuerzo personal por lograr una comunicación sin ayuda de nadie». como dibujo inteligente, el destino se reconstruye en la creencia. esta mañana, rompen la barrera del sonido, sobrevuelan, no las palomas indefensas desde mi balcón al cielo, sino otros seres extraños, gigantescos, oscuros, rapaces. ellos por encima del mundo, por encima de mi fragilidad, también determinan un destino: las palomas picotean y picotean, yo me encojo, me tenso, me envuelvo de las cosas parecidas a la verdad, que no son ciertas y abren un espacio al desasosiego, al terror, y nos dejan el sabor de la ceniza. he recibido esta mañana otra carta, la última carta de Lawrence Durrell, escrita desde Grecia: «querida, desde hace algún tiempo te estoy escribiendo una carta baúl, estos vacíos bostezos dentro de la tumba de las ciudades europeas con tu máscara de gas y tus pensamientos, es algo que la guerra provoca; relaja y disuelve la determinación, de forma que los amigos se desplazan por los lugares vacíos de la imaginación como tipos iluminados por velas que, sin pertenecer completamente al pasado, no tienen forma ni futuro. hay una placita: sembrada de hojas frente a La Closerie des Lilas, donde a veces espero que pases metida en tu abrigo. Anaïs, estoy de verdad contigo en tu separación, la guerra se me hace más profunda y más amarga, y le da a todo el sabor de la ceniza. verdaderamente, no consigo nunca volver a recordar exactamente cómo estábamos en la terraza y mirábamos caer sobre el mar la verde lluvia, convertida en una especie de triste y última voluntad, testamento que daba por terminado el verano. desaparecieron los contornos y las curvas del mundo que nos daba la visión del mar frente a nuestra casa. me siento completamente desesperado en mi interior, se me encoge el corazón cuando leo los manifiestos de los líderes, cuando veo realmente trabajar a los pigmeos contagiando al mundo con su histeria y su violencia, aquí no hablamos de la guerra, pero es como un peso que hay entre nosotros. la radio vomita sus noticias todo el día; nosotros archivamos y clasificamos teorías políticas; escribimos largos informes sin significado en papel oficial sobre el número de plumas que hay en la oficina. aquí también tenemos un balcón desde el que se ve brillar, a través de la niebla, la Acrópolis, pero la guerra te va comiendo lentamente. me gustaría romper un pedazo de esta tierra y mandártela y que la guardaras bajo la almohada.» las cartas, como las palabras, son rastreadoras constantes: siguen a quien encuentran y nos advierten. me vi en la barcaza, en medio del constante movimiento que la tormenta provocaba en el mar, forzada a abandonar París, después del comienzo de la Segunda Guerra. y todavía recuerdo cómo busco mi propia ciudad en Monte, en La Closerie des Lilas y aquí mismo, dentro de mí, en todas partes donde no dejemos llegar a nuestros labios alguna destrucción o el sabor de la ceniza.

yo también era una hija de Joaquín Nin buscando su origen y extraviada en la falla...

Anaïs Nin vivió el sueño de una gabarra en las oscuras aguas del Sena

Artaud me dijo una vez: la diferencia entre tú y las otras mujeres
es que tú inhalas dióxido de carbono y exhalas oxígeno.

ANAÏS NIN

mis amigos no son Henry Miller, Antonin Artaud, Gonzalo, June
y Otto Rank. no he dormido y conversado con ellos en las alturas y
los abismos de las noches. no vivo en una gabarra sobre las oscuras
aguas del Sena, pero siento los escalofríos de vida y de muerte de
los que allí vivieron o se hundieron para siempre. imagino la música
de Erik Satie con versos de Paul Celan, aunque jamás encuentre
esa grabación. a veces, tomo prestados aquellos vestidos, o la manera de arquear las cejas; o cuando me extravío por las calles de La
Habana y siento el olor próximo en mis orejas del Jean Nate, busco
la casa aquí, frente al Malecón, aunque no llegue a saber cuál es,
porque nadie sabe cuál es la casa donde vivió Anaïs Nin ¿quién es
Anaïs Nin? ¿quién es esa mujer? me persigue su fantasma o mi fantasía persigue su manera de ser *debajo de una campana*. no tengo
una imprenta pequeña, casi tan rústica que es imposible imaginar
que yo sola sueñe con imprimir, en una reducida habitación, mis
libros y los libros de mis amigos. nunca he puesto una sola letra
en una caja para imprimir; pero la conocí cuando yo quería armar

también las frases en las cajas –la necesidad de encontrarla–, y gracias a que un amigo me regaló su diario en la edición de Günther Stuhlmann, la síntesis de más de setenta y cinco volúmenes autógrafos. pero, ¿quién es Anaïs Nin? cuánto trabajo romper las cajas cerradas, las formas comunes de encerrar a los desconocidos. tampoco estaba ella dentro de otra cárcel más común, creando fórmulas o modelos de emancipación como agitadora feminista o entre las mujeres que han utilizado la literatura como punto de fuga para rendir cuentas de su frustración en novelas quejumbrosas y melodramáticas. ¿quién es entonces Anaïs Nin?... tal vez, sólo una mujer que vivió el sueño de una gabarra en las oscuras aguas del Sena y que se atrevió a pintar sus propios deseos sobre una época (París, 1903-Los Ángeles, 1977). una mujer que vivió tan a fondo como pueda vivirse, a muchos niveles, con muchos lenguajes, con mucha gente, en muchos mundos, ella quería «buscar lo absoluto en la multiplicidad, lo absoluto en las abstracciones de los elementos dispersos, de muchas vidas, lo absoluto en los fragmentos. un absoluto que no fluye serenamente, sino que tiene que conservarse con puro desvelo porque es tan escurridizo como el éxtasis de los poetas. un absoluto que siempre fluye». y ese mundo irrepetible en su fragmentación, esos matices y hasta el desconcierto y el desarraigo, toda la conservación de una época, están en la labor paciente y minuciosa de la cotidianidad de esta mujer. Anaïs es en sí una creación, en la que ese sentido de absoluto desarrolla la existencia de un micromundo muy especial, como si fuera la única manera de vivir el arte: armonizando constantemente el estado interior y el mundo circundante, sin dejar de contestar a esa campana, sin ser infiel, ni un solo momento, a esa propuesta de vida mediante la que se intenta proteger y crear siempre contra las pérdidas: «después de cenar me tiendo y abro mis carteras, permanezco despierta y releyendo las últimas cartas que escribí y escribiendo en el diario, lo esencial de todo lo que he vivido en estos diez últimos años se encuentra en esas carteras, me he escapado con parte de mis tesoros, mis recuerdos, mi obsesión de conservar, de registrar, aunque todos nosotros muramos, seguiremos, sonriendo, hablando y haciendo el amor en esas páginas.» aún sus palabras, el eco, sigue en las cajas cerradas y no habrá otra posibilidad de entender, de oír, que abrirlas y armarlas para llegar a la persona Anaïs, que hizo con su vida las variaciones más profundas de esa sentencia de Hamlet: «sobre todo eso, que tu propio yo sea verdad.»

fragmentos del diario de Anaïs

...¿pero acaso es definido y abarcable mi propio yo? conozco sus límites, hay experiencias de las cuales me aleja mi timidez, pero mi curiosidad y mi capacidad de creación me impulsan a franquear esas fronteras, a trascender mi carácter. mi imaginación me lleva a terrenos desconocidos, inexplorados, peligrosos, pero siempre está mi naturaleza fundamental y nunca me engañan mis aventuras «intelectuales» ni mis hazañas literarias. amplío y expando mi yo. no me gusta ser una sola Anaïs, completa, familiar, contenida. en cuanto alguien me define, hago como June: trato de eludir el confinamiento de una definición...

...trato de explicarle que el escritor es un dualista que nunca se bate a la hora acordada, que recoge un insulto como si se tratara de un objeto curioso cualquiera, como un ejemplar coleccionable que, después, colocará sobre su mesa, y sólo entonces se enfrentará con él en un duelo verbal. algunas personas llaman a esto debilidad, yo lo denomino aplazamiento, lo que en un hombre es debilidad, se convierte en cualidad en un escritor. el escritor guarda, colecciona lo que luego estallará en su obra. por eso el escritor es el hombre más solitario del mundo; porque vive, lucha, muere y renace siempre solo, no en el momento de interpretar sus papeles sino cuando ha caído el telón...

...ayer por la noche hubo un simulacro de guerra, todos salimos a la calle a ver los aviones que simulaban ataques y defensas aéreos. Novalis escribió: «la vida poética es el único absoluto, la única realidad.» es exactamente así. soy capaz de escapar de la fatalidad del tiempo histórico, de las tragedias de la vida diaria, de la crueldad y la fuerza destructiva del mundo para alcanzar una vida poética, eterna. no hay que tener miedo, hay que saber flotar como flotan las palabras, sin raíces y sin agua, hay que saber navegar sin latitudes ni longitudes, sin motor, sin drogas ni sobrecargas, hay que aprender a respirar como un aparato para medir la fuerza del viento, la cuerda tiene que ser de arena, el ancla de aurora boreal...

ese monstruo pequeño y rosado

una pastilla: cuatro años tomando una pastilla que cambia el curso del mundo interior. una pequeña y redonda manera de envenenarme lentamente y con felicidad, una pastilla rosada, de fresa, que impide concebir y que dará un nuevo ritmo a la sangre, al corazón, y apagará mis sentidos hasta enmudecerlos. vivo dominada por esa pastilla y no puedo asumir, tampoco esta noche, el terror de prescindir de ella. sé que en este momento mis nervios, mis músculos y mis tejidos, trabajan de una forma especial y yo quiero romper un ciclo creado artificialmente y saltar. y ellos, mis tejidos, mis nervios, mis órganos, ¿estarán preparados en sus máquinas de células para este nuevo ritmo que les impongo? los hombres, que hacen el amor rápido en las oficinas, en las escaleras, en los carros, ¿han tenido esta preocupación?, ¿conocen a dios, a dios y las contraindicaciones de dios? ¿están gobernados por él mientras reiteran el oficio del amor bajo la seguridad mágica de la química? no puedo dormir: quiero una salida inteligente, una solución. cada médico que consulto tiene una opinión distinta. si fuera ingeniera, tal vez, me aproximaría con más facilidad a las dos soluciones posibles y al final optaría por una, pero, con esta cabeza nada lógica, cómo suenan esas palabras: optar, decidir... después de cuatro años creando esos ritmos artificiales, ¿cómo se siente una para decidir, para romper, para alterar y resolver la capacidad y la incapacidad de la naturaleza? yo he medido las horas, los intervalos exactos, noche a noche, día a día, cientos de noches y de días, dominada por ese monstruo pequeño y rosado. mi condición de mujer está en la balanza: mi sentido del amor vinculado históricamente a la maternidad en uno, y en el otro, mi deseo de ser persona, de decidir, de trascender, mi posibilidad de engendrar contrapuesta a la de hacerme invulnerable y segura, práctica... finalmente, la razón –ese enjuiciamiento impuesto a nuestro «yo permanente»– no ha vencido todavía a la costumbre, a los deseos impulsados en mi histórica mujer por la maternidad. adquiero un nuevo poder, me hago dueña aparente de la situación: hoy puedo rechazar la maternidad de muchas maneras, sin embargo, por dentro, muy adentro, se da la confusión entre la lujuria y el deseo de seguridad. la pastilla –que asume un papel controlador, de modernidad– a la vez frena y desfigura la situación. en un catalizador de sentimientos, sensaciones, historias, ha controlado también, modelado mis impulsos, regulándolos y reduciéndolos, pero, en algún lugar de la corteza, contrariamente a mis inhibiciones físicas, no se ha rezagado el deseo de ser madre convertido en necesidad, también en sentimiento y en parte de la metáfora de eso que llamamos amor. «la occidental de nuestro siglo es una verdadera criatura andrógina; a la vez viril y femenina, cambia de papel y de función según los momentos del día o los períodos de la vida.» llegando a este punto, la feminidad queda codificada y reducida a la sensibilidad y necesidad de concebir, pero la necesidad de concebir no es sólo una función biológica ordinaria, corresponde a un pensamiento integral de creación, envolvente, suave, tibio. es, ante todo, un pensamiento diluido en una sensación muy anterior a nosotras, a nuestra rapidez, a nuestra época, y es también una tragedia no bien resuelta por la ciencia. somos mujeres mutiladas, y en las contraindicaciones que aparecen en los envases de cientos de fórmulas de pastillas anticonceptivas, no aparece esta, para mí la más importante, la que verdaderamente me ha quitado el sueño esta noche.

era la fuente y no la lluvia

me voy quitando los cuatro pares de medias empapados y seco el pie con la bufanda. Osvaldo me ataca con los ojos; me exprimo el pelo que chorrea sobre el abrigo. no ha dejado un momento de llover. *cuando el sonido cada vez más acelerado pasaba sobre tu cabeza era el viento en los árboles del bosque, y no la lluvia. cuando corría a lo largo de la tierra, era el viento en los arbustos y en las largas hierbas, y no la lluvia. cuando susurraba y sonaba sobre la misma tierra, era el viento en los maizales –donde sonaba de una forma tan parecida a la lluvia que te engañaba– una y otra vez. hasta cierto punto te compensaba, como si estuvieras viendo una representación de lo que deseabas, y no la lluvia...* ahora era la lluvia, no sólo una representación de lo que deseaba. ¿sería que en los últimos tiempos prefería cualquier representación a la realidad? estaba en París, quién iba a decírmelo, que antes o después no hubiera deseado eso. breve película, claroscuro, luces rosadas, anaranjadas y sombras, cierto tono que no conocía, la perfección y la sutileza, estaba en París y quería irme, inmediatamente. ¿serán las hormonas las que me ponen así? hemos entrado a un bar muy cerca de Notre Dame, es pequeñísimo; hacia el centro del local hay un tipo muy raro que está bailando y haciendo gestos, una especie de pantomima, o una mezcla entre baile y pantomima, está vestido de camarero, y al piano, una mujer interpreta a Chopin. me siento todavía temblando por el frío y mojada, y me confundo apostando mentalmente su identidad: ¿será un muñeco, un robot, un homúnculo? él no mueve las pestañas, y sus ojos, demasiado abiertos y demasiado fijos no parecen los de un ser humano. se me acerca y me mira, yo sostengo esa mirada y vuelvo a temblar. los demás han desaparecido. me fijo en su lazo de camarero: su decisión ha sido quedarse esta vez conmigo y mirarme así. esta es París, me confundo apostando la identidad de cada cosa: en la calle, un edificio cuya pared tenía ventanas, flores, cortinas y hasta mujeres recostadas a la baranda del balcón, era sólo pintado: hiperrealismo. las estructuras metálicas, ovaladas, que encuentras en todas partes y parecen lugares hechos para tomarse una foto de esas instantáneas, son baños. no te equivoques ni mires demasiado a sus ojos... todo lo pensado puede ser imaginado.

como si estuviera viendo una representación de lo que deseaba...

cierta distancia

no nací para descubrir el mundo. en el último momento, con las maletas hechas y la casa llena de gente despidiéndose, me arrepiento, aunque siempre pienso que tal vez puedo al final ir. quiero escaparme y algunas veces me escapo, regreso ya de la pista sin mayor arrepentimiento, como cuando Javier me invitó a México y media hora antes de salir el avión decidí no ir. los niños, mi mamá y Mandy me saludaban desde la tenaza del aeropuerto, mientras yo atravesaba la pista dispuesta a recoger mis maletas que ya estaban dentro del avión. cuando salí a encontrarme con ellos, me preguntaban: «¿mamá, ya fuiste a México?» por su parte, Mandy me había amenazado otra vez con irse de la casa definitivamente, si después de todos los preparativos, no viajaba, y Fernando, mi amigo del aeropuerto, estuvo vigilándome como siempre hasta que estuve dentro del Boeing. el Boeing sube distinto a otros aviones, en punta y vertical arremete contra el espacio y da vértigo. casi no ha llegado a su altura de vuelo y ya se ven las luces de Miami, y las noventa millas, tan distantes en la cabeza, se convierten en nada en la realidad. no hay tiempo casi de subir y el avión ya comienza su aterrizaje hacia túneles morados de terciopelo, trenes interiores rojos, malvas, y olores sofisticados, como si entrara en una nave artificial: el aeropuerto de Miami, el más lujoso e impersonal que yo haya visto. desde que bajé, ya estaba convencida de que no iba a aguantar, llovía, y las casas húmedas parecían de un cartón reblandecido. el hermano de Manolito, el papá de los niños mayores, me estaba esperando, pero era otro. ¿qué había de aquel muchacho que se fue delgadito? llevaba un traje azul claro con piel en los codos y en las solapas, y un montón de sortijas con piedras de verdad en los dedos de ambas manos. yo no lo conocí y él tuvo que llamarme y sacarme de allí hasta su carro. me mareé, me enseñó la ciudad... era de noche y llovía, marcó un número en el aparatico celestial de comunicarse con el más acá y extrajo también dinero con una tarjeta plástica, en una calle cualquiera, de una máquina que parecía un buzón, qué sé yo. se detenía para hacer este tipo de operaciones, infantiles y matemáticas, extrañas para mí. evidentemente quería deslumbrarme con tanta realidad, pero yo mantenía cierta distancia.

no nací para descubrir el mundo...

primera vez

entramos a un supermercado de los que llaman *grocery*. no te puedes imaginar, las frutas están como en las láminas de las revistas, brillantes. existen numerosos tipos de naranjas, toronjas, mandarinas, hasta unas pequeñísimas con un sellito azul que dice «Marruecos», vienen de tan lejos... los huevos están pintados de colores según el día de la semana en que los vayas a utilizar: un color para cada oportunidad. yo sentía como un vértigo y como si la distancia entre mi persona y aquella realidad fuera insalvable. se me mojaron los ojos y sentí deseos muy fuertes de huir de allí, de respirar afuera, quería explicarle a Phillis, la norteamericana que me había invitado, lo que me sucedía, traté, pero ella no entendía nada de aquella situación: había que sentirla por primera vez; por primera vez había atravesado quinientos años de desarrollo por encima de mis sentimientos, sólo con la velocidad con que vuela un avión llegué al futuro, pero a un futuro frío, cercado por nieve artificial y calefacción. allí había mil cosas de las que no había sospechado siquiera su existencia: marcas, nombres, aparatos para hacerlo todo. sentía que era un ser humano en el paleolítico y que la mayor parte de los hombres del planeta desconocían su tiempo, como desconocían la íntima cantidad de materia viva en esta galaxia, como desconocerían siempre la complejidad de sus moléculas albuminosas en su propio cerebro. no conocían aquello y morirían sin conocerlo. sentí terror de aquel brillo, del encerado de las frutas, del refinamiento de la propaganda que me diluía cosas extrañas frente a los ojos, otras sensaciones: todo quería ser usado con prontitud, probado, domesticado, comido, lamido, envuelto. advertí mi incapacidad para soportar la avalancha de esa muchedumbre brillante, de aquellos rostros que me provocaban desde las cajas de cartón; aún no había visto nada especial, algo que pudiera distinguirse de aquella masa amorfa de textura y sensaciones. entonces me fui acercando lentamente, como si conmigo caminaran aquellos que no han comido carne en su vida, los que no han probado la leche, los que no han mamado más que de la teta de una cabra, los que sólo han masticado flores silvestres de los campos cuando comienza el invierno y sienten hambre. me fui acercando, como si los salobres, los que reciben el agua de las cañerías, me acompañaran, y empecé a echar sangre por la nariz. ella me aseguró que era el frío, yo sabía que no, que el problema era otro; estaban cerca los mariscos. me aproximé, siempre me habían causado deseo y horror a la vez. me aproximé, como un niño extraviado, tanteando el lugar para encontrar algo suyo escondido, rocé las conchas con la punta de los dedos, eran suaves, delicadísimas, pero comprobé que las conchas donde se ponen los mariscos son falsas, se usan y se botan, aunque al contacto con las manos parezcan de verdad, nacaradas, perfectas, son plásticas también y no han visto ningún mar.

Blein

...hoy nos encontramos con un muchacho parecido a Blein. cualquier muchacho no es parecido a Blein, quien nos escribió versos en inglés antiguo. nos preguntó en qué podía ayudarnos. fue muy amable y se empapó con la lluvia helada junto a nosotros... el viernes nos volvemos a ver... esta saya me la regalaron en Chicago, pertenece a las mujeres de una tribu de la cual no recuerdo ya el nombre. está hecha de franjas de colores sobre un fondo negro, toco esta saya, su textura, y aparece Blein, cierta transparencia en su ojos. el padre de Blein pertenecía a alguna de esas tribus proféticas, los..., y su madre era norteamericana. Blein nos encontró en una de las universidades que visitamos, junto al lago Michigan, y desde entonces no nos abandonó. sus ojos, de un azul muy pálido, parecían perderse en medio del frío y los espejos de los rascacielos. él soñó con postales donde nosotros aparecíamos, tal vez con otros rostros. según nos dijo, había soñado muchas veces con nuestra llegada, conocía de cosas muy diversas, por ejemplo, que debía comer mucho para soportar la energía que emanaba de él. visitamos el museo de arte moderno de Chicago, y mientras merendábamos, sentados frente a frente, me explicaba las horas en que debían recibirse los alimentos, sobre todo determinados estimulantes. era especialista en cosas extrañas para nuestra normalidad. un día que yo estaba muy cansada, se acomodó a mi espalda y me trasteó los huesos con sus largos dedos pálidos, mientras me aseguraba que en los próximos cien años el país se fragmentaría en cien pedazos como los colores de mi saya. es bueno encontrar, en medio de la soledad de aquel laboratorio de la perfección, la humedad de esos ojos. yo miraba a través de los cristales caer la fina nieve y esperaba. sus grandes carros oscuros, blindados contra los encuentros, llevaban, no obstante, algo de lo perdido para siempre o nunca aparecido. imágenes del lejano oriente, fotos de templos budistas, bahaíes... en el ático de la casa donde yo viví (Hinsdale IL 60521) había también un pequeño templo –brujería hindú, lo llamaba yo–: piedras, talismanes, ídolos de barro. dentro de aquel techo a dos aguas, debajo de las lámparas que se prendían solas al unísono por el sistema automático, alguien esperaba también. *oh, hijo del ser, tú eres mi lámpara y mi luz está en ti...*

una milla magnífica

acabo de subir al último piso del Sears Tower. me costó un dólar cincuenta llegar al último piso del edificio más alto del mundo. hemos subido en un elevador donde caben noventa y ocho personas cada vez, durante medio minuto. yo no quería subir y me negué, pero Carlos Ruiz me ató por su brazo y subí abracada. el día estaba frío y abierto, sin una sola nube. en el cielo hay casi siempre varios aviones a la vez. miré de pronto afuera, desde la inmensa torre y ninguna frase que escriba podrá contener aquella mirada que ya voy olvidando mientras pestaño, que ya casi olvidé: una situación especial de la luz, oblicua, magnífica, abriéndose y precipitándose frente a mí. creía que estaba cayendo polvo, cuánto polvo –pensé–, y me asusté; un polvo casi transparente, finísimo, pero era nieve, poquita, blanca, ligerísima. se pegaba al cristal y me empañaba el aire. entonces tuve exacta conciencia de estar sobre el mundo, por encima de los hombros a pesar de la gravedad. me acompañaban, en ese momento, a esa altura, cientos de turistas de muchos lugares lejanos, pero no fui más alta entonces: era una altura provocada, artificial, como esa nieve que caía empañando el vidrio, y pensé:

detrás del cristal nevado
ni el resplandor desde la muerte puede opacarte.

hazme también a mí sobre la tierra húmeda.
tócame y levántame.
pájaro inmediato que ahorca el adolescente
entre su vientre y el filo de la mano.
yo vine desde muy lejos para ser feliz un día
para robarle al mundo el sonido de tu pico sobre la madera.
yo vine para llevarte
hasta la punta de las ramas donde están
las hojas secas y sin iluminar.
pájaro que no te posarás
no te posarás
aunque haya muerto para venir tan lejos
tu pico corta el cristal que se empaña
para que yo pueda soñar un paisaje sobre el vidrio.
pájaro que no te moverás
ni saldrás a buscarme.

los hijos de los *blues*

ha subido la temperatura en el sur. llegamos a un club donde los negros tocan *blues*. desde la puerta vemos ya algunos vestidos de *cowboys*, otros con antifaces, boquillas, sombreros de fieltro, cintas de raso. en el techo del establecimiento hay humo denso, azul. el terciopelo que lo cubre todo es rojo intenso y está marcado por el uso. al fondo, después de atravesar los gestos, la incertidumbre y los olores, al fondo, hacia la derecha, casi en una esquina, están los hijos de los *blues*. la música que sale de ese rincón hace temblar y ensordece, te penetra con lentitud y provoca estremecimiento y fatiga, como si los músculos se tensaran y contrajeran sin querer, sin comprometerte. a mí se me estremecen las rodillas y siento que voy tomando prestada esa fiebre, ese escalofrío de los otros, mientras que los globos de helio se desprenden contra la gravedad. no hay sitio ya donde sentarse, ni donde apenas quedarse quieto. el espacio de la forma que uno era ha dejado de existir, y una mulata indiada, muy ebria, o tal vez bajo el efecto de alguna droga, corta con su baile el centro compacto donde estamos metidos, implicados en algo que no se define: corta con su baile una línea, quiere marcar entonces las siluetas, darnos forma otra vez, y se contorsiona, sube hasta el centro y se pone una pamela. creo que esta es la única vez que me siento feliz aquí, totalmente feliz, pero, esa palabra, *felicidad*, no expresa tampoco lo que siento. es que hay algo también mío en todo esto, cierta complicidad. este sitio ácido, tenso, me ha sacado del mundo real y me ha dado un espacio que no conozco, indiferente. antes de llegar al club, al sur de Chicago, comí de verdad, en una especie de fonda, comida caliente sin precocinar y un pedazo de pan de esos que se desmoronan, que sueltan migajas y huelen a pan, de los que la norteamericana que nos ha invitado odia (vigila si cae algo al suelo, en la alfombra). también apareció un solecito, no se sabe de dónde salió, pero lo puso todo verde y mató el blanco: fue una premonición. ahora, ha subido la temperatura y ha caído una mariposa dentro del vaso con limón; sus antenas, todavía ácidas y calientes, luchan por volver a la realidad. me identifico con esa mariposa ajena y perdida en el fondo del vaso, mientras la música desdobla mis sentidos quitando toda forma y apariencia exterior: estamos dentro de nosotros, dentro de nuestros cuerpos y sometidos únicamente a ese golpe de la sangre.

el señor de los perros

llegamos al mediodía, con calor fuerte, por una carretera pelada y arenosa, como esas de las narraciones de Faulkner. llegamos a la finca de aquel hombre. él se sentó en cuclillas y, mientras fumaba, nos contó muchas cosas sobre los perros de pelea. alrededor, había jaulas con palomas, gallinas, gavilanes y otros pájaros. yo empecé a sentir que *estaba*, y que no necesitaba nada más. había un tul, una niebla, un muro transparente entre la verdad del mundo de donde yo venía y aquel hombre. él, en su trono en cuclillas, con su renuncia, sentía –como Gauguin– *el peso de sus zuecos de madera resonar en el piso de granito*. era él y todo era suyo. durante la tarde contemplé los tonos que pasaban por el cielo de abril y los árboles, que tantas veces ya se me habían ido de la imaginación; me conectaba con la naturaleza por primera vez y me decodificaba. estar callados en esa atmósfera, el peso del viento y su silencio, el sonido de los animales a mi alrededor. pasé mucho tiempo para adaptarme y ser, para fundir mi presencia e integrarme, para saber dónde estaba la línea que me comenzaba y me ponía fin, y dejar de ser un personaje que llega y sigue fuera en su papel de espectador frente a la película, papel cotidiano que entabla el hombre moderno con la naturaleza y el resto de los objetos. quería que me sugiriera una forma diferente de aceptar un medio y estar en él. cuando leo a los escritores del siglo pasado, siento ese espacio entre el hombre y su contorno, todavía no viciado por la objetivación de un lenguaje que ha convertido los sentimientos en fórmulas para llenar el vacío, porque cuando los leo, siento que entre una línea y otra, entre una frase y otra, entre un suspiro y la contemplación, hay un espacio abierto donde se puede estar, una calma que no tiene sentimientos establecidos de antemano para ser. ahora, aquí, volvía por ese camino y un perdiguero –salido también de un cuadro romántico– venía conmigo. yo me acostaba en la yerba y sentía su humedad, todavía no miraba directamente arriba, al cielo abierto, sino que la cerca se interponía entre mi sensación y lo alto, y en el centro del campo, rodeado por sus jaulas, ese hombre receloso, desconfiado, escondiendo ingenuamente su bondad y su maldad, como un señor, como un rey. cuando por fin llegué a él, no pude menos que hacer una comparación: los otros hombres que conozco, con sus personalidades efímeras, ambiciosas, son jugueticos frágiles de su tiempo, están medidos por la necesidad aparente de ser. ¿qué les faltaba? la gallardía –pensé, mientras el padre Jerónimo sacaba de la pata del león aquella espina que lo consagró como un santo–; les faltaba ir al encuentro de su destino con gallardía y serían incapaces de sacar una espina de la punta de mi dedo y arruinarían así la cruz del paisaje sin conmiseración, pobres diablos. pero este hombre, ajeno aún a la incapacidad, acechado sólo por las pequeñas plantas y los sargazos, cauteloso sobre las hojas secas, me enseñaba que hay una perfecta armonía y un sentimiento místico de deseo en la región de las colinas y que ningún otro camino es real. algún tiempo después volví a visitarlo y le llevé mi escrito, no me mandó a sentar, constantemente levantaba la vista y vigilaba a sus perros que alrededor se entrenaban. yo estaba insegura pero seguí leyendo, creo que no me oyó, que no le dije nada, o que no le hacía falta.

en la torre, la prisión es una misiva al que va a venir

fragmentos de una carta

...la alternativa es tu presencia, son tus manos, en ocasiones la paz, la razón también me obliga: cuando aprisiono el ave tú te escapas. en nuestro lugar estamos cuando no lo queremos. si entiendes tu ilusión, hasta entenderlo, podremos seguir. la imaginación nos traiciona y un sabor incestuoso acalora las sombras. el sueño te ve con la bata y pidiendo perdón porque no fue así como lo quisiste. el cuadro de Durero tiene manzanas y no las podemos comer. en alguna parte se entenderá cómo debe ser. allí, el cuervo conversa, las patas sobre el hielo, y nosotros somos museables. así está el abedul, descascarándose, y la condensación logrará un día, en esta cama con techo, la consumación, para que incluso no llueva, para evitar la afectación de otras heladas. yo con mis pantalones mandarina sin cerrar los candados del cinturón. la cama con tapa y el candado afuera, donde los cuervos. pero el retorno es también una alternativa, porque somos museables, y se nos encierra para admirar. todo lo posible entre nosotros debe decirse y no usarse, porque la vegetación es parásita donde lo queremos, y arruina el silencio tanta meditación. no hay luz que quiera iluminar los palacios, las llamas abrasan las cáscaras (la tuya se salva porque está dentro de un libro) y entre tus hojas crece un árbol que me hace íntimo. es sólo posible aquel irrefutable que comparte: el otro que ha venido parece quererte de otra forma, te abraza con sus frustraciones y tú ya es algo que tomó. en caso de perderse, se puede mirar la luna, porque es allí donde van a parar todas las luces. los cometas también, pero son más fugaces y presiento, que de pasar, yo te entristezca más. por quejarme podrías asociarme a una parte y cesaría la alternativa: en los árboles y las chimeneas, entre los gatos y los carros, entre los leones y las jirafas, hombres y mujeres. sé que existe otro, alguien lo transformará, pero hoy es la pesadilla inconsciente. sólo los fuertes pueden conservarse como debe ser...

delirium

como cada paso corta al subir
las barreras del aire
llega la locura
en globo desde unos ojos
de un pestañazo
llega la locura.
te la dictan del fondo de la vegetación
hay demasiado trópico
y al borde de la nieve está la mano cuerda
pero ya es un precipicio.
del silencio de vigilar las pausas
del pasamanos
de aprender cómo llega
la pobre detrás de mí
me estoy volviendo loca de verdad
al final como todos querían.

la destrucción o el amor

...quiero amor o muerte, quiero morir del todo...

VICENTE ALEIXANDRE

un hombre sentado sobre las rocas, con su fénix, mira a la distancia, al horizonte, al águila que lo destruye en su odio: su garra, y al efímero escarabajo, que muy pegado al mundo, al silis, lo hace transitar... *más negro que el silencio que transcurre después de alguna muerte*, un hombre en su soledad de cuerpo, que vibra y se petrifica... *día, noche, ponientes, madrugadas, espacios, ondas nuevas, antiguas, fugitivas, perpetuas... lecho, pluma, cristal, metal, música, labio, silencios, vegetal*... un pequeño hombre que aspira, desde su encierro, desde su ojo sobre sí en la orilla de los comienzos y el final, al sueño del hombre soberano, a la altivez de vivir sin uso y sin haber, al lenguaje como ser –no como palabra–, a lo bello que no hay que demostrar, sólo sentir... *como un amor que con la muerte acaba.* para aquellos que ven la realidad sólo desde lo exterior, esta imagen es la representación literaria de la frustración de la experiencia real, para otros, que saben que las cosas no son más que una parte de lo que significan, es la historia del corazón por la que el hombre –como ha dicho Paul Gauguin– *absorbe la vida, y restituye en el acto supremo de la exhalación, una palabra inteligible.* para mí, que oigo ese suspiro vertical, tristeza o

pájaro que presiente que cae en la posguerra infinita del desdoblamiento: ilusión sin límites y vacío, con fondo de los Beatles y Tracy
Chapman, y la mirada huyendo hacia un detalle –en reproducción–
del Veronés –suprema complicación de nuestros paisajes y sueños en
reproducción–: armonía de los cuerpos cansados en el hastío de las
oficinas, para mí, que sé ya no saber creer y quiero creer en cualquier
cosa. fetiche del escarabajo plástico para atravesar la realidad del
águila rota con la que soñaré volar todavía, alguna vez; para mí, hay
un hombre sentado sobre las rocas, como un fénix, y la existencia
que se da a través de él, de ti, sin saber lo que amo, sino mucho más,
queriendo hacer nacer lo que no vive. esos seres extraños, detenidos
en su contemplación, fuera del tiempo, que esperan la destrucción o
el amor, *bajo la ley secreta del placer que constituye la ley secreta del
principio poético...* cuando miro a tus ojos, profunda muerte o vida
que me llama. para la historia, se llama Vicente Aleixandre, nació
en 1898, en un momento trascendental, dirán algunos, de la poesía
española. tendrá un estilo «muy personal», una visión del mundo
de suma originalidad. irracionalismo e individualismo, dirán otros.
se proclama. «poeta no de lo que refinadamente diferencia, sino de lo
que esencialmente une». pero lo dividirán en espacios, épocas, tra-
yectorias, en un primero o segundo Aleixandre, lo delimitarán a
cierto panteísmo erótico, *tirado en la playa, o en el duro camino,*
a cámara lenta el ritmo de su movimiento psíquico, frente a la
dura, accidentada, interminable ascensión de vivir. *no, ni una
sola mirada de un hombre ponga su vidrio sobre el mármol celes-
te, no lo toquéis, no podríais. él supo, o sólo él supo. hombre tú,
sólo tú, padre todo del dolor...* carne sólo para amor, vida sólo por
amor. *que los ríos apresuren su curso: que el agua se haga sangre:
que la orilla su verdor acumule, que el empuje hacia el mar sea
hacia ti, cuerpo augusto, cuerpo noble de luz que te diste crujien-
do con amor, como tierra, como roca, cual grito de fusión, como
rayo repentino que a un pecho total único del vivir acertase...*

el vaporetto

Al garete en un bote voy en medio del mar,
entre dos vientos que siempre soplan uno contra el otro.

MALCOLM LOWRY

anoche, después de ver el grupo de postales que llevó Enrique –el
vaporetto surcaba el mar a la entrada de Venecia; mi pequeña nave,
un sonido monótono, rítmico, absoluto, que entraba al palacio por
el fondo del canal, y yo, apartada del simulacro de observar–, estaba radiante con mi disfraz y mi máscara, entraba también en los
salones rojos, decadentes de ese lugar del mundo, de ese lugar de
reposo y de paz de las aguas, donde algunos que dejamos de observar y de creer, llegamos alguna vez sin el trajín de movernos, sin la
aseveración de estar. el agua estancada, poco profunda y virulenta
de los canales donde no me quisiera enredar: Venecia. había un
grupo reunido y una botella, los demás se masturbaban con las
fotografías, yo quería saber cuál era el sueño de los otros, pero sólo
el proyeccionista entraba de vez en cuando en las fotografías. ¿y ese
en verdad será algún elemento de posesión? los demás miraban,
mirábamos, pero entre las fotos y el existir físicamente de este lado,
yo veía atravesar las quietas aguas, al maestro: al vaporetto. los
demás se inquietaban, acostumbrados como estaban a la ansiedad

de no participar, no conocían otro modo que la participación: la pared blanca tras una imagen de la humedad de Venecia es tanto realidad como haber entrado –tantas veces ciegos– en la húmeda realidad de existir: sólo la distancia entre la proyección y nosotros en el posible viaje hacia un lugar igual y diferente: donde yo estaba, jamás podrás estar tú y viceversa. ¿no es ese el poder de la confianza sobre una misma imagen, idéntica para los ojos, una sensación, diferente, única, inalcanzable? no quiero prestar mi vapor, la distancia para recorrer con él estos canales –como los antiguos– por las bajas aguas del fondo e interrumpir el transcurso del tiempo aparente que constantemente medimos, del tiempo superficial que puede ser poseído y roto por la mera distracción, aunque el proyeccionista respire y se lleve sus fotos y los colores muertos a su caja de cartón. déjame respirar el humo amarillento de no retornar por la pupila, de no poner los pies, de no establecer obstáculos para llegar, el vaporetto siempre es mío, con su soliloquio y mi deseo.

la conciencia de verlo

llegan al río, se bajan del *jeep*, ella se acerca al agua, él la ayuda y juntos bajan por las piedras. los otros vienen detrás, más lentos, se hace más fuerte el sonido del agua contra el silencio. ella, con miedo de romper algo, le dice muy bajito que uno va perdiendo el sonido del agua, el contacto con las piedras, mientras recoge algunas y las acaricia. también pasa su mano sobre el río, sobre la superficie del agua, tocándola, y el sonido se hace más fuerte cada vez, más profundo: sólo el sonido del agua. él le pregunta si es necesario que pase algo más. ella dice que sí, con un movimiento ligerísimo de cabeza, pero que ahora no –«claro», dice él, ahora no–. se pone de pie y la mira. ella le dice que le va a doler, que hace mucho tiempo que no sabe hacerlo y se olvidó. él le pregunta si alguna vez no va a tener miedo y pone la mano mojada dentro del agua y la hunde. ella le pide que se quede desnudo –*la levedad es un esfuerzo por aparecer desnudos, únicamente frágiles*–, que quiere verlo así contra la niebla. él protesta y se desnuda. ella cierra los ojos y empieza a tocarlo, lentamente, con infinito cuidado. *cuando ella veía un objeto exterior, la conciencia de verlo subsistía entre él y yo. lo bordeaba de una tenue orla espiritual que le impedía tocar jamás directamente su materia: esta se volatizaba de algún modo antes de que se pusiera en contacto con ella, como un cuerpo incandescente que se acerca a un objeto mojado y no toca su humedad, porque se hace preceder siempre de una zona de evaporación...* el joven que ha llegado tira las fotos. ella piensa (en *off*) que no ha podido fotografiar su sensación, que para este joven ella debe ser algo extraño, un personaje, una fábula. se quita los zapatos y comenta algo sobre lo helada que está el agua. ha puesto, al fin, sus pies mojados sobre las piedras frías. piensa (siempre en *off*) que es ese el sentido; ese instante de algo que no podría nombrar: ese nombre, como la voz, como el olor, serían el término de una languidez. él se acerca con flores amarillas y le ofrece una para que se la coma. pero ella le dice que tiene miedo, que ya sabe lo que sucede cuando uno encuentra con quien comer una flor silvestre: es terrible si uno se atreve a morderla. los rezagados se acercan y los rodean. la muchacha les dice que debe ser muy difícil para ellos comprenderla, que ella no tiene forma, que no es tampoco como las mujeres de allí, que a veces siente un poco de nostalgia de no poder ser como las otras. salen del río: ya en la orilla, se sientan en unos bancos y se levantan al instante cuando descubren que los bancos están acabados de pintar de óxido rojo, pero ella ya se ha manchado. piensa (en *off*) que ella está manchada, que está manchada por el «intelectualismo», que está construida y codificada a través de espejos falsos y que ya no podrá ser otra, que ya no podrá ser de allí, aunque se quede, aunque regrese: que ya no podrá recibir naturalmente el deseo y la muerte.

el último suspiro que queda de las cosas...

ella y la muchacha

la muchacha es muy joven. va muy elegante, con zapatos de tacón muy altos y un vestido brillante y lila. le pregunta si quiere ver su álbum de fotos de recién casada. se lo entrega. ella empieza a pasar frente a sus ojos aquellas fotos de personas extrañas: según su concepción de las cosas, son fotos ridículas, muy ridículas. le señala con el dedo a un muchacho, muy joven y le pregunta si ese es el novio. la muchacha le explica que él es de Holguín, que trabajan juntos en Moa y que viven allí desde que se casaron. ella piensa: «una familia normal» y siente cierta nostalgia de ver ridículo todo aquello, siente cierta nostalgia de no poder ser como la muchacha de las fotos, de no creer en la simplicidad artificial de esas ceremonias; de pronto, ha cambiado algo en el tono del atardecer y se ve dentro, se reconoce allí también, junto a personas conocidas que hace tiempo no ve. él llama a la muchacha, dice un nombre. ella siente en sus oídos la voz, su voz. relegada, casi excluida al fondo, en una esquina, que apenas hace visible la mitad de su rostro velado y su vestido antiguo, ella, la mujer de 1900, con sombrero y boquilla, distraídamente exhala un humo violeta. suda abundantemente, tiene miedo de haber sustituido un personaje por otro y no volver a ser jamás quien es, quedarse de aquel lado. tampoco comprende la realidad del asunto, el desdoblamiento de su imagen. ¿qué está haciendo allí, metida en esas fotos, en aquel recuerdo? con terror y manos temblorosas, le devuelve el álbum a la muchacha. no sabe de verdad, en ese momento, dónde está ella y la otra. se palpa con rapidez los ojos y la cara, para tener certeza, para comprobar. la muchacha muy joven sigue hablando y hablando sin parar. ella, la eterna pasajera que siempre pasará de un instante a otro sin reconocerse demasiado, sonríe, y ya no escucha. su sonrisa se abre hasta terminar en una carcajada. algunos vuelven la mirada, la miran como buscando el motivo de aquella detonación y después, apartan los ojos, como si la dejaran sola, definitivamente sola en su convicción, en su íntima ceremonia. ya sabe, ya se cerciora de que ella está allí, intacta. comprende que está en el momento en que podría, siquiera por la fuerza de la decantación y la acumulación, entrar en su tonalidad menos externa.

dos visiones de espaldas al teatro

entramos en la inmensa sala oscura, seguimos a través del laberinto. subimos por el pasillo lateral hasta una pequeña puerta a la izquierda y atravesamos corredores minados por cables de alta tensión y escalones imprevistos hasta perder la noción de dónde estábamos. por fin, detrás del gran telón, de espaldas al teatro, el teatro. yo estaba muy cerca y apretada en el borde de una grada con otro, sentía su respiración y la respiración total combatiendo la asfixia. *por dónde saco la cabeza para respirar, frenética de ahogo...* yo estaba muy cerca, donde las larvas, las fieras, los monstruos, esperaban nacer en mi imaginación. todavía eran animales, seres indefensos en la cuarta dimensión del obligado espacio de sus necesidades y se retorcían balbuciendo sonidos que no llegaban a ser. yo estaba perdida en la posguerra. era una niña, comía caramelos amelcochados y esperaba. estaba sola a pesar del tumulto que se agolpaba en la feria. era exactamente la niña Margarita Gautier, interpretada por Isabelle Huppert, cuando su padre la traslada en la barcaza y la vende a un cirquero. sentía que mi angustia sobrepasaba el oxígeno del aire y me ahogaba, pero quería llegar. ¿a dónde? no sé exactamente. había pasado las capas de pintura de mi hombre interior y respiraba por un pulmón que pensaba: la cuarta dimensión, la cuarta palabra, la cuarta pared, era humana.

había otros mundos pero estaban en este... ya para entonces había adquirido cierta tisis por contagio, y aunque todavía no me retorcía en el esfuerzo de respirar ni convulsionaba, en mis ojos perdidos en el tumulto y en el deseo de ser, viviría los veinte años anteriores hasta hoy. lo que estaba pasando afuera, tal vez alguna música lejana, ya no importaba. aquí, muy cerca, alguien que se aproxima tironea una maleta usada que quiere abrirse, abrirse, ceder, es casi un monstruo y trastea buscando a qué asirse, mientras los demás, expectantes, primero lo acechan, después lo siguen, también quieren poseer. buscan desesperadamente algo que parezca verdad. y creen que son objetos, pero tampoco es nieve, ni el minotauro, ni un hipnoglifo. algo que parezca verdad puede ser una mentira transparente. son indefensos y están indefensos a mi alrededor, tiran la cuerda, la bola azul, para hacerse dueños del deseo; sangran, se babean, sienten miedo y compran contra la muerte. en ese momento de terror yo había crecido. un doblez sobre otro, un doblez como si fueran paredes, o nudos, o dimensiones. habían pasado veinte años y yo era un artista en la pantalla esperando creer. estaba en la plenitud, después de la posguerra, pero todavía disparaban aquí y allá. *no disparen un momento, no disparen, se perdió un hombre que debió caer en el claro de mi cabeza desde lo alto, era el único que no podía. pasearé por los salones y sonreiré. mi peinado en la ausencia de aquel campo de noche. no taladren allí, es un campo minado. piedad para ese personaje que se perdió en el tránsito y que al llegar otra vez a la realidad ya no existía. él era la victoria de un segundo, el héroe, lo inmortal en un pequeño claro donde sin acercarse se puede poseer, no lo desfiguren. yo soy una pequeña comediante. digámosle la verdad. no taladren allí, es un campo minado...* salí del espectáculo. había llovido o tal vez no había llovido, quizá era también una representación de la lluvia o la antesala del cuarto de la felicidad de la zona de *Stalker*, pero su aire húmedo me hacía temblar. ya tenía la tuerca con la tela blanca anudada para lanzarla más allá, más allá. me sentía como quien lleva a un niño en el vientre y no sabe por qué y no sabe de quién. la aniquilación total de la palabra me enmudecía, también algún perro ladraba para que yo creyera que estaba allí. había estado momentos antes por dentro, en el túnel, donde la sensación se convierte en comprensión. aquellos gestos, mis contracciones, los golpes en el pecho se convertían en la imagen infinita de un tiempo. reiteraciones a veces abusivas, obsesivas, pero necesarias para comprender. ahora me llevaba un objeto nuevo: un yo no aislado de la totalidad, no en el desbordamiento de lo subjetivo del mundo, sino en la objetivación espiritual, y estaba materializado en esa tuerca con la tela blanca de cometa lanzada también con ingenuidad, con la ingenuidad de los que leen a Barba en la cola del pan; con la necesidad de los que se aproximan a un desnudo ingenuo y renacentista en La Habana de 1988, con la complicidad y el misterio de los que entregan sus cuerpos a las llamas devoradoras con fondo de música angelical. tal vez la corteza cultural, la apariencia de lo que yo sentía mientras el aire me entumecía la cara, era ridícula y subdesarrollada, pero podía vencer el miedo, y un desnudo, que no está en el desnudo aparente de cinco personas o de una multitud, me había hecho ver el no-ser. entonces yo caminaba, caminaba veinte años después por la calle Paseo para los demás, el tiempo había transcurrido de otra manera, con otros relojes, para mí había retrocedido, y a la vez estaba en el futuro, o mejor, en el después, donde esperaba la última y definitiva dimensión. daba hachazos, golpes demoledores sobre mi pecho y sobre sus pechos, estaban húmedos y temblaban también contra la cuarta pared. mi final tendría que ser distinto, era Margarita Gautier interpretada por mí con la respiración de muchos y no me ahogaría ni me dejaría vencer por la tos. aunque todavía *la proximidad de sus formas me impida la ilusión. entre tantos objetos sin fin ni destino, conformes en su silencio, en la rutina de no ser amontonados...*

soy sólo una artista en la pantalla, perdida en el paisaje de posguerra...

fin de viaje

ella siente deseos de llegar, a la vez, terror. vuelve a su rutina, al no vivir, a esperar, a la ansiedad de los días en fila. el muchacho que está a su lado le hace una caricatura y ella piensa que es eso: una caricatura. el tren se detiene. ella mira por la ventanilla y ve cámaras de filmar y luces. al fondo, ya se divisan las primeras construcciones de la ciudad, pero es sólo una maqueta. todo aquel fondo está pintado, es una escenografía. se le acerca una mujer mayor, es la maquillista. la cámara sigue tomándola desde afuera y ella lo sabe y no hace nada, está acostumbrada. la maquillista le pasa un paño húmedo por la cara, ella piensa: *cuando me lavo la cara el agua limpia y borra a la vez las azucenas que van descuajándose del tallo...* alguien ha gritado fuertemente: «corten», ella se separa la toallita de la cara, mira por la ventanilla. se levanta y baja del tren, toma algo que le acercan, un jugo, se aleja lentamente del set. lleva en el bolsillo de la saya una libreta escolar, muy gastada, donde va haciendo apuntes para sus guiones: la saca y la abre, empieza a escribir apoyada en sus rodillas una carta para alguien, donde le dice que nada va a cambiar, que nadie va a cambiar ya su vida, que nadie está dispuesto a comenzar, a llevarla donde las cosas sucedan, donde los contactos sean ciertos, donde los sonidos y los murmullos de las yerbas sean, donde las cosas tengan un nombre y ese nombre sea primero y único, que por eso sólo harán esta película y nada más, que de este lado sólo se puede hacer una película. *es el punto estancado en el que se quedó un estado de creación para el que yo viví y ya no vuelve...* levanta los ojos y mira hacia el campo. a lo lejos, fuera de las cámaras, donde no está la escenografía, con tonos muy tenues aparece en su imaginación una casita: alrededor hay varios niños jugando con una pelota inmensa y animales. la cámara la enfoca a ella en su bicicleta con una cesta cargada de espigas que ha recogido en el camino que la conduce allá, al fondo, donde tal vez sea verdad la visión que queda quieta, fija, y se diluye y se convierte en un cuadro que ella vio en alguna exposición, mientras (en *off*), aparece el poema «Ítaca», de Cavafis, pasando con su letra sobre el cuadro y se va perdiendo, fundiéndose, como si lo hubiera escrito ella misma.

cuando emprendas tu viaje a Ítaca, pide que el camino sea largo, rico en peripecias y experiencias, no temas a los lestrigones ni a los cíclopes, ni al colérico Neptuno. no verás nada de eso en tu camino si tus pensamientos son elevados, si tu alma y tu cuerpo sólo se dejan acariciar por emociones sin bajeza, no encontrarás ni a los lestrigones ni a los cíclopes, ni al hosco Neptuno, si no los llevas dentro de ti, si tu corazón no los yergue ante ti. pide que el camino sea largo, que sean muchas las mañanas de verano en que penetres (¡con qué placer!) en puertos nunca vistos, haz escala en los emporios de Fenicia, y adquiere hermosas mercancías: nácar y coral, ámbar y ébano y toda suerte de embriagadores perfumes, visita muchas ciudades egipcias y aprende con avidez junto a los sabios. ten siempre a Ítaca presente en tu pensamiento, tu objetivo final es llegar a ella, más no acortes el viaje: más vale que dure largos años y que al final atraques en la Isla ya en los días de tu vejez, rico en todo lo que ganaste por el camino, sin esperar a que Ítaca te enriquezca. Ítaca te brindó el hermoso viaje: sin ella no

te hubieras puesto en camino, ya no tiene nada más que darte.
aunque la encuentres pobre, Ítaca no te ha engañado, sabio como
te has vuelto con tantas experiencias, comprenderás por fin lo
que significan las Ítacas.

Sonido	Imagen
aplausos prolongados que se funden con el final de la pieza musical *El lago de Como*.	la cámara sigue en *zoom back* lento, el teatro está vacío. se cierran también las puertas y la cámara sigue en marcha atrás.
ruido de calle, voces, carros, etc.	en los carteles de afuera, aparecen los créditos: unos muñecos terminan de escribirlos, con tizas de colores y crayolas...
vuelve al fondo la pieza musical del principio... *la-mi-la la-mi-la-do si la mi* (sostenido).	la cámara sigue hacia atrás: por la calle (tarde-violeta-rosa) está pasando mucha gente, las imágenes de esta gente caminando se acelera, a más de 24 por segundo...

texto de los créditos:

yo-ella: la viajera
tú-él: el filósofo
ellos-nosotros: los amigos
animales: la gata Justina y las palomas
otros personajes: Solón, Shakespeare, Cortázar, Cavafis, Malcolm Lowry, Fernando Pessoa, Roland Barthes, etc.
escenografía: la cultura occidental, sus fragmentos
maquillista: la memoria
editor: el tiempo
fotografía: fotos archivo
guionista: Reina María Rodríguez
director: Vége

ESTA PELÍCULA ESTÁ INSPIRADA EN HECHOS REALES

Índice